NOUVELLE BIBLIOTHÈQUE ALGÉRIENNE

COLLECTION ADOLPHE JOURDAN

UNE PREMIÈRE ANNÉE D'ARABE

A l'usage des classes élémentaires des Lycées, des Collèges, des Écoles primaires, etc., etc.

PAR

L. MACHUEL

DIRECTEUR DE L'ENSEIGNEMENT PUBLIC EN TUNISIE,
EX-PROFESSEUR D'ARABE A LA CHAIRE PUBLIQUE D'ORAN,
AU COLLÈGE ARABE-FRANÇAIS DE CONSTANTINE
ET AU LYCÉE D'ALGER

DEUXIÈME ÉDITION

EXPOSITION UNIVERSELLE. — PARIS, 1878

Organisation et Matériel de l'Enseignement secondaire

MÉDAILLE D'ARGENT

ALGER
TYPOGRAPHIE ET LITHOGRAPHIE A. JOURDAN
IMPRIMEUR-LIBRAIRE DE L'ACADÉMIE

1887

EN VENTE A LA MÊME LIBRAIRIE

BEL KASSEM BEN SEDIRA, professeur à l'école supérieure des lettres d'Alger, assesseur à la Cour, etc.

Petite Grammaire arabe de la langue parlée; Premier livre *(Alphabet et Syllabaire)*: 25 leçons, 25 exercices, à l'usage des écoles primaires et des classes élémentaires dans les lycées et collèges. 1 vol. in-18, cartonné. **1 fr.**

Cours pratique de langue arabe, à l'usage des écoles primaires; 3e édition, revue et augmentée. 1 vol. in-18 anglais, relié percaline. **3 fr.**

Cours de littérature arabe, *sujets de versions* tirés du Mostratref, des Mille et une Nuits, des Fables de Bidpaï, des Prairies d'or, etc., muni des voyelles et suivi du *vocabulaire de tous les mots* contenus dans le texte, à l'usage des aspirants à la prime, au baccalauréat et des candidats interprètes. 1 vol. in-18, relié percaline. **10 fr.**

Dialogues français-arabes de Roland de Bussy; 2e édition, refondue et augmentée de 120 pages. 1 vol. in-32, relié percaline. **3 fr.**

Dictionnaire français-arabe *de la langue parlée en Algérie,* à l'usage des lycées et des écoles primaires; 4e édition, revue, corrigée et considérablement augmentée. 1 vol. in-32, relié percaline. **5 fr.**

Dictionnaire arabe-français *de la langue parlée en Algérie,* contenant les mots et les formules employés dans les lettres et les actes judiciaires. 1 vol. de XVI-608 pages in-32, relié percaline. **5 fr.**

Cours de Langue kabyle *(dialecte Zouaoua),* grammaire, versions, contes, fables, etc. 1 vol. in-18, relié percaline. **8 fr.**

DUCRET, ancien instituteur à Alger.

Cahiers d'écriture arabe, réglés, avec modèles gravés et gradués. Nos 1, 2, 3, 4, 5, 6, 7 et 8. (La méthode sera contenue dans 10 cahiers). *Alger, typ. et lith. A. Jourdan.* Chaque cahier. **15 c.**

HANOTEAU, C. ✻, général du Génie.

Essai de Grammaire kabyle, renfermant les principes du langage parlé par les populations du versant nord du *Jurjura* et spécialement par les *Igaouaouen* ou *Zouaoua*, suivi de notes et d'une notice sur quelques inscriptions en caractères dits *tifinar'* et en langue *tamacher't*. 1 vol. in-8°. **15 fr.**

MACHUEL (L.), ✻, Directeur de l'enseignement public en Tunisie. ex-professeur d'arabe au collège arabe-français de Constantine, au lycée d'Alger et à la chaire publique d'Oran.

Une première année d'arabe, à l'usage des classes élémentaires des lycées, des collèges, des écoles primaires de l'Algérie, etc.; 2e édition. 1 vol. in-18, cartonné. **1 fr. 50**

Méthode pour l'étude de l'arabe parlé (idiome algérien); 4e édition, revue et augmentée. 1 vol. in-18, relié percaline. **5 fr.**

Grammaire élémentaire d'arabe régulier, contenant: *lecture et écriture, parties du discours, conjugaison, nom, genre, nombre, déclinaison, articles, pronoms, particules, noms de nombre, formation des différents noms (substantifs et adjectifs)*, etc., etc. 1 vol. in-8° écu, relié percaline. **5 fr.**

Manuel de l'arabisant ou *Recueil de pièces arabes* (Première partie). Lettres administratives, judiciaires, politiques, etc. 1 vol. petit in-8°, relié percaline. **6 fr.**

Manuel de l'arabisant ou *Recueil de pièces arabes* (Deuxième partie). Actes divers pourvus de toutes les voyelles. 1 vol. petit in-8°, relié percaline. **6 fr.**

Les Voyages de Sindebad le Marin, texte arabe extrait des *Mille et une Nuits*, muni de toutes les voyelles, accompagné d'un vocabulaire et de notes analytiques; 2e édition. 1 vol. in-18, relié percaline. **5 fr.**

AHMED BEN KHOUAS.

Notions succinctes de Grammaire kabyle, rédigées sous la direction du sous-préfet de Tizi-Ouzou (1881). 1 vol. in-32, cartonné. **1 fr.**

UNE

PREMIÈRE ANNÉE D'ARABE

OUVRAGES DU MÊME AUTEUR

MÉTHODE POUR L'ÉTUDE DE L'ARABE PARLÉ. 4e édition, revue et augmentée. 1 volume in-12, relié percaline. 5 fr.

VOYAGES DE SINDEBAD LE MARIN (les), texte arabe extrait des *Mille et une Nuits,* muni de toutes les voyelles, accompagné d'un vocabulaire et de notes analytiques. Belle édition; chaque page est encadrée d'un double filet vermillon. 2e édition, revue et corrigée. 1 vol. in-12, relié percaline. 5 fr.

GRAMMAIRE ÉLÉMENTAIRE D'ARABE RÉGULIER. 1 volume in-8o, relié percaline. 5 fr.

MANUEL DE L'ARABISANT ou *Recueil de pièces arabes* (première partie). 1 volume petit in-8o, relié percaline. 6 fr.

MANUEL DE L'ARABISANT ou *Recueil de pièces arabes* (deuxième partie). 1 volume petit in-8o. 6 fr.

DICTIONNAIRE ARABE-FRANÇAIS de MARCELLIN BEAUSSIER, refondu par L. MACHUEL, contenant tous les mots employés en Algérie et en Tunisie, etc. 1 volume in-4o.

Se publie par livraisons à 0 fr. 50.

UNE

PREMIÈRE ANNÉE D'ARABE

A L'USAGE

DES CLASSES ÉLÉMENTAIRES DES LYCÉES, DES COLLÈGES, DES ÉCOLES PRIMAIRES, ETC., ETC.

PAR

L. MACHUEL

Directeur de l'Enseignement public en Tunisie,
Ex-professeur d'arabe à la Chaire publique d'Oran,
au Collège arabe-français de Constantine
et au Lycée d'Alger.

DEUXIÈME ÉDITION

ALGER

TYPOGRAPHIE ET LITHOGRAPHIE A. JOURDAN

IMPRIMEUR-LIBRAIRE DE L'ACADÉMIE

4, PLACE DU GOUVERNEMENT, 4

1885

A

Monsieur le Recteur

et à Messieurs les Inspecteurs

de

l'Académie d'Alger

Ce petit livre

se place sous votre patronage

Tunis, le 30 juin 1885.

L. MACHUEL.

Ce livre est tout à fait élémentaire.

Il est destiné aux jeunes enfants qui fréquentent les classes primaires des lycées et des collèges, et les écoles communales.

Le programme que l'on a suivi est à peu près celui de l'allemand et de l'anglais pour la classe de huitième ; il comprend les matières suivantes :

1° Lecture et écriture ;

2° Étude de mots et de locutions usuels ;

3° Verbe *avoir* et verbe *être* ;

4° Pronoms et adjectifs démonstratifs ; pronoms affixes ; pronoms personnels ;

5° Adjectifs souvent employés ; accord de l'adjectif avec le nom ;

6° Principales prépositions ; adverbes les plus importants ;

7° Noms de nombres ;

8° Conjugaison (sans entrer dans aucun détail).

Ce petit ouvrage est divisé en 50 leçons, ce qui fait environ deux leçons par semaine, en tenant compte du temps nécessaire pour revoir celles qui auront été précédemment apprises.

Dans les vingt premières leçons de la seconde partie, les mots arabes ont été écrits en caractères français, ce qui permettra au professeur de faire traduire de petites phrases dès la première semaine. On pourra, tant que les élèves ne sauront pas suffisamment bien lire et écrire, leur faire apprendre alternativement une leçon de la première partie et une de la seconde. Les exercices de grammaire devront être faits de vive voix, surtout dans les commencements, où les devoirs sur cahier et copie consisteront en modèles d'écriture. Après la vingtième leçon, les mots arabes ont été écrits en caractères orientaux, à côté de leur reproduction en français. Si le professeur le juge convenable, il pourra, à partir de ce moment, faire traduire les exercices par écrit.

L'auteur de ce travail a pu se rendre compte par lui-même de la peine qu'éprouvent les jeunes Européens à s'habituer à la lecture et à l'écriture arabes. Il a cru leur venir en aide en publiant ce petit livre qui leur aplanira les premières difficultés. S'ils ont pu, dans le courant de l'année, apprendre à lire et à écrire à peu près couramment, à traduire de vive voix les phrases que renferment les exercices, à accompagner par écrit un mot des pronoms affixes, à conjuguer un verbe simple, son but aura été atteint, et il est persuadé qu'une seule année suffira ensuite pour étudier sa *Méthode pour l'étude de l'arabe parlé.*

UNE

PREMIÈRE ANNÉE D'ARABE

1re PARTIE

LECTURE ET ÉCRITURE

1re LEÇON

Par quel côté les Arabes commencent-ils à écrire ?

Les Arabes écrivent de droite à gauche, de sorte qu'un livre écrit dans leur langue commence à la page où un livre français finirait.

Combien leur alphabet renferme-t-il de lettres ?

Leur alphabet renferme 28 lettres, qui sont toutes des consonnes. Ils n'ont pas de lettres majuscules et n'emploient pas de ponctuation.

Quelles sont les 13 premières lettres de l'alphabet arabe ?

Les 13 premières lettres de l'alphabet sont :

ا *Alîf* qui équivaut, suivant la voyelle qui l'accompagne, à E, A, I, O, OU ;

ب *Bâ* qui a la valeur de notre B ;

ت *Tâ* qui a la valeur de notre T ;

ث *Tsâ* qui ne peut pas être exactement rendu en français, et qui équivaut à peu près à Ts ;

ج *Djîme* qui équivaut aux deux lettres Dj ;

ح *H·â*, aspiration très dure qui ne peut pas être rendue en français. Nous représenterons cette lettre par H· (Le point, placé à la droite d'une consonne, indique une lettre forte) ;

خ *Khâ* qu'il est impossible de rendre en français et que nous représenterons par Kh ;

د *Dâl* qui a la valeur de notre D ;

ذ *Dzâl* qui équivaut à peu près à Dz, mais qu'il est impossible de rendre exactement dans notre langue ;

ر *Râ* qui a la valeur de notre R ;

ز *Zîne* qui a la valeur de notre Z ;

س *Sîne* qui a la valeur de notre S ;

ش *Chîne* qui a la valeur de Ch dans le mot *chat*.

EXERCICE

ا ت ج ب ث خ د ز ح ذ ر ش ا ث س

ذ ر ح ج س خ د ت ب ز ش س ز ر ذ

د خ ح ج ث ت ب ا ش ز ذ خ ج ت ا

ب ـ د ر ش ا ح ر د س ت ش خ ذ ز

ث ت ب ا ث خ ر ش ب ج د ز ت ح ذ

2ᵉ LEÇON

Quelles sont les 15 autres lettres de l'alphabet arabe ?

Les 15 autres lettres sont :

ص *S·âd* que nous représenterons par S· (c'est la forte de س) ;

ض *D·âd* que nous représenterons par D· (c'est la forte de د) ;

ط *T·â* que nous représenterons par T· (c'est la forte de ت) ;

ظ *Dz·â* que nous représenterons par Dz· (c'est la forte de ذ) ;

ع *'Aïne* qu'il n'est absolument pas possible de rendre en français. Nous représenterons cette lettre par ce signe (') ;

غ *R'âïne* que nous représenterons par R'. C'est l'R prononcé à la façon des Marseillais et des Parisiens, c'est-à-dire grasseyé ;

ف *Fâ* qui a la valeur de notre F ;

ق *K·âf* que nous représenterons par K' (c'est la forte de la lettre qui suit) ;

ك *Kef* qui a la valeur de notre K ;

ل *Lâme* qui a la valeur de notre L ;

م *Mîme* qui a la valeur de notre M ;

ن *Noûn* qui a la valeur de notre N ;

ه *Hâ* que nous représenterons par H, mais qui est toujours fortement aspirée (c'est la douce de ح) ;

و *Ouâou* que nous représenterons par OU, mais qui a, en réalité, la valeur du W ;

ي *Yâ* que nous représenterons par Y ou I. (Ces deux dernières lettres, que l'on est obligé de représenter par des voyelles, sont de véritables consonnes.)

EXERCICE

ص ط ع ك ه و م ل ض ظ غ ن ق ب

ي ض ص ظ ط غ ع ق ب ل ن ك م ه

ي ن و ص ظ ب ل ه ض ع ف م و ط غ

ك ن ي و ه ن م ل ك ق ب غ ع ظ

ط ض ص ي م ب ط و ل غ ض ه ك ع

ض ن ف ظ ص م ي ص غ ب ه ط ل و

3e LEÇON

Quelles sont les lettres arabes qui peuvent être exactement rendues en français ?

Ces lettres sont :

ب *Bâ* B, — ت *Tâ* T, — ج *Djîme* Dj, — د *Dâl* D, — ر *Râ* R, — ز *Zîne* Z, — س *Sîne* S, — ش *Chîne* Ch, — ف *Fâ* F, — ك *Kef* K, — ل *Lâme* L, — م *Mîme* M, — ن *Noûn* N.

Quelles sont les lettres que l'on peut représenter approximativement à l'aide des caractères français ?

Ces lettres sont :

ث *Tsâ* Ts, — ذ *Dzâl* Dz, — ص *S·âd* S·, — ض *D·âd* D·,

— ط *T·â* T·, — ظ *D·zâ* D·z, — ق *K·âf* K·, — و *Ouâou* Ou, — ى *Yâ*, Y.

Quelles sont les lettres dont la prononciation offre le plus de difficulté ?

Ces lettres sont :

ح *H·â*, — خ *Khâ*, — ع *'Aïne*, — غ *R'aïne*, — ق *K·âf*, — ه *Hâ*.

Comment prononce-t-on souvent la lettre ق K·âf ?

Cette lettre se prononce souvent *gu* ; il est d'usage, dans ce cas, de mettre trois points dessus ڨ.

Quelles sont les lettres qui sont confondues en Algérie dans l'écriture et la prononciation ?

Ce sont les lettres ت *Tâ* et ث *Tsâ* ; — د *Dâl* et ذ *Dzâl* ; — س *Sîne* et ص *Sâd* ; — ض *D·âd* et ظ *D·zâ*.

Qu'appelle-t-on hamza ?

On appelle *hamza* (ء) un caractère ayant la forme d'un petit ع qui se place le plus ordinairement sur ا. C'est, en réalité, la première lettre de l'alphabet arabe. Le *hamza* se met aussi sur le ي et sur le و

Comment peut-on diviser les lettres de l'alphabet ?

On peut diviser les lettres de l'alphabet, suivant l'organe avec lequel on les articule, en lettres qui se prononcent des *dents*, lettres qui se prononcent des *lèvres*, de la *langue*, etc.

LETTRES SOLAIRES

Les lettres qui se prononcent à l'aide des *dents* sont : ت *Tâ* (T) et sa forte ط *T·â* (T·), — د *Dâl* (D) et sa forte ض *D·âd* (D·), — ذ *Dzâl* (Dz) et sa forte ظ *D·zâ* (D·z), — س *Sîne* (S) et sa forte ص *S·âd* (S·), — ش *Chîne* (Ch), — ث *Tsâ* (Ts), — ز *Zîne* (Z).

Les lettres qui se prononcent à l'aide de la *langue* sont : ر *Râ* (R), — ل *Lâme* (L), — ن *Noûn* (N).

LETTRES LUNAIRES

Les lettres qui se prononcent à l'aide des *lèvres* sont : ب *Bâ* (B), — م *Mîme* (M), — ف *Fâ* (F).

Les lettres qui se prononcent du *gosier* sont : ك *Kef* (K) et sa forte ق *Kâf* (K·), — غ *R'âïne* (R'), — خ *Khâ* (Kh), — ع *'Aïne* (').

Les lettres *aspirées* sont : ه *Hâ* (H) et sa forte ح *H·â* (H·).

La lettre ج *Djîme* (Dj) peut être considérée comme double.

Qu'appelle-t-on lettres faibles ?

On appelle lettres *faibles* les trois lettres ا و ي. On leur a donné ce nom parce que souvent elles se remplacent l'une par l'autre ou disparaissent.

Quelles sont les lettres solaires et les lettres lunaires ?

Les lettres *solaires* sont celles qui se prononcent à l'aide des dents et de la langue ; elles sont au nombre de 14 ; toutes les autres lettres de l'alphabet sont appelées *lunaires*.

Quelles sont les lettres françaises qui ne peuvent pas être représentées en arabe ?

Ces lettres sont : **É, J, P, U, V.**

EXERCICE

ا ح د ر س ص ط ع ك ل م ه و ب ج

ب ي خ ذ ز ض ظ غ ف ن ت ث ش ا

ت ج د ر ش ص ظ ع ب ك ن م ل ه و

ي ض ا ط ب ظ ت ع ث غ ج ب ح ف

خ ك د ل ذ م ر ن ز ه س و ش ي ص

ط ا ظ ص ي ض ش ع س غ ز و ن ه ذ

ر ب ذ ل د ع خ ه ح ع ق ي و ج ن

4e LEÇON

Qu'est-ce qu'il y a de remarquable dans les lettres de l'alphabet arabe ?

C'est que beaucoup d'entre elles se ressemblent comme forme, et que les points seuls peuvent les faire distinguer.

Si l'on supprime les points, combien y a-t-il de caractères différents pour représenter les 28 lettres ?

En retranchant les points, il y a 18 caractères différents pour représenter les 28 lettres ; ce sont :

ا ب ح د ر س ص ط ع ف ق

ك ل م ن ه و ى

Telle est la forme qu'ils ont lorsqu'ils sont isolés.

Quelle forme ont ces caractères lorsqu'ils sont précédés d'une autre lettre ?

Ils ont la forme suivante :

ـف ـع ـط ـص ـس ـر ـد ـج ـب ـا

ـى ـو ـه ـن ـم ـل ـك ـق

(Le trait qui précède le caractère et qui a été exagéré à dessein, représente la prolongation de la lettre précédente.)

Quelle remarque y a-t-il à faire pour le caractère ح *lorsqu'il est précédé d'une autre lettre ?*

La lettre qui précède ce caractère se joint à son sommet, c'est-à-dire au-dessus de la ligne d'écriture : ـح et non ـح

Quelle forme prend le caractère ع *lorsqu'il est précédé d'une autre lettre ?*

Il prend la forme d'un triangle ـع et non ـع

Quelle remarque y a-t-il à faire pour le caractère ه *?*

Ce caractère, précédé d'une lettre et à la fin des mots, a deux formes : ـه ـه

Qu'appelle-t-on tâ merboût'at ?

On appelle *tâ merboût'at* le caractère ه placé à la fin des mots et surmonté de deux points (ـة . ة). C'est un vrai ت qui, dans le langage, est souvent muet. Le *tâ merboût'at* donne le son de A à la lettre qui précède. Il est presque toujours la marque du féminin. Nous le représenterons par A ou At, mais on ne devra pas prononcer le *t* final, pas plus que dans les mots français *soldat*, *potentat*, *renégat* et autres.

EXERCICE

لـ ـا ـتـ ـجـ ـد ـسـ ـثـ ـعـ ـطـ ـر ـو ـشـ ـذ

ـز ـصـ ـفـ ـثـ ـغـ ـصـ ـحـ ـبـ ـا ـلـ ـخـ ـش

ـث ـفـ ـنـ ـضـ ـظـ ـغـ ـكـ ـهـ ـة ـو ـذ ـت

ـهـ ـسـ ـكـ ـبـ ـفـ ـحـ ـز ـو ـكـ ـمـ ـلـ ـع

ـطـ ـضـ ـثـ ـعـ ـمـ ـخـ *

5e LEÇON

Quels sont les caractères qui ne peuvent jamais se joindre à la lettre qui suit ?

Il y a 4 caractères, formant 6 consonnes, qui ne se joignent jamais à la lettre qui suit ; ce sont : ا د ر و (ذ, ز). Ils se trouvent renfermés dans le mot د و ا ر *d-ou-â-r*.

Comment se joignent les autres caractères à la lettre qui suit ?

Ils perdent leur appendice, c'est-à-dire la petite queue qui est ajoutée à la lettre lorsqu'elle est isolée. Ils ont alors cette forme :

Caractères isolés :

ب ح س ص ط ع ڡ ف ك

Joints à la lettre suivante :

بـ حـ سـ صـ طـ عـ فـ كـ

Caractères isolés :

ي ہ ن م ل

Joints à la lettre suivante :

ـيـ ـهـ ـنـ ـمـ ـلـ

Quelle remarque y a-t-il à faire pour les caractères ي ن ب *lorsqu'ils sont suivis d'une autre lettre ?*

Ils ont alors la même forme : ـبـ ; les points les font distinguer.

Quelle remarque y a-t-il à faire pour les caractères ف ق *?*

Ils ont la même forme lorsqu'ils sont suivis d'une autre lettre : ـفـ ـقـ

Quelle remarque y a-t-il à faire pour le caractère ہ *?*

Ce caractère, suivi d'une autre lettre, a une nouvelle forme ـهـ

Qu'est-ce que le lâmalîf ?

C'est la réunion des deux lettres ل et ا qu'on écrit ainsi :

لا لا لا

Quelle forme ont les divers caractères lorsqu'ils sont précédés et suivis d'une autre lettre ?

Ils ont alors cette forme :

Caractères isolés :

ب ح س ص ط ع ف ق ك

ـبـ ـحـ ـسـ ـصـ ـطـ ـعـ ـفـ ـقـ ـكـ

Caractères isolés :

ه	م	ل
ـهـ ou ـهـ	ـمـ ou ـم	ـل

Quelles sont les lettres que forme chaque caractère ?

ا *alîf* est le seul de sa forme. On ne peut pas le confondre avec le ل *lâme* parce qu'il ne se joint jamais à la lettre qui suit.

ـبـ sert à former le بـ *Bâ*, يـ *Yâ*, نـ *Noûn*, تـ *Tâ*, ثـ *Tsâ*.

ـحـ sert à former حـ *H·â* جـ *Djîme* خـ *K·hâ*.

د	id.	د *Dâl*	ذ *Dzâl* (ne se joint jamais à la lettre qui suit).
ر	id.	ر *Râ*	ز *Zîne* (ne se joint jamais à la lettre qui suit).
ـسـ	id.	ـسـ *Sîne*	ـشـ *Chîne*.
ـصـ	id.	ـصـ *S·âd*	ـضـ *D·âd*.
ط	id.	ط *T·â*	ظ *D·zâ*.
ـعـ	id.	ـعـ *'Aïne*	ـغـ *R'aïne* (ce caractère, lorsqu'il

est précédé d'une autre lettre, prend la forme d'un triangle ـعـ ع).

ـفـ sert à former فـ *Fâ* قـ *K·âf*.

ـكـ seul de sa forme.

ـلـ *Lâme* seul de sa forme.

ـم *Mîme* seul de sa forme.

ه *Hâ* id. (ce caractère, lorsqu'il est précédé d'une autre lettre et placé à la fin d'un mot, a diverses formes ـه ـہ ; lorsqu'il est au commencement d'un mot, il a cette forme هـ ; lorsqu'il est précédé et suivi d'une autre lettre, il a ces formes ـہـ ـهـ).

و *Ouâou* seul de sa forme (il ne se joint jamais à la lettre qui suit).

Qu'y a-t-il à remarquer pour les caractères ن ب ں *et* ي ?

C'est que les points des lettres qu'ils forment se placent au milieu lorsqu'elles sont isolées ou finales (ب ت ث ب ن ي) et exactement au-dessus ou au-dessous lorsqu'elles sont jointes à d'autres lettres (بـ تـ ثـ بـ نـ يـ). Souvent même, les points du ي et du ن sont omis à la fin des mots.

EXERCICE

بـ حـ خـ ـسـ ـبـ كـ ـنـ ثـ ـد ـا ـطـ فـ ـل جـ ـو

ـع ـغ ـعـ ـنـ ـشـ ـهـ ـمـ ـضـ فـ ـظـ ـبـ ـيـ ـنـ

ـش ـبـ ـتـ ـفـ ـعـ ـكـ ـحـ ـذ ـز ـجـ ـسـ ـلـ ـا ـر

ـخـ ـغ ـهـ ـمـ ـتـ ـصـ ـشـ ـثـ ـطـ ـهـ ـحـ ـهـ ـسـ

ـضـ ـنـ ـضـ ـتـ ـطـ ـا ـلـ *

6e LEÇON

Épeler les lettres renfermées dans les mots qui suivent :

ا بـ ـد   بـ ـلـ ـد   تـ ـبـ ـن   ثـ ـلـ ـج   جـ ـلـ ـيـ ـب

جـ ـبـ ـل   خـ ـشـ ـيـ ـن   د فـ ـع   ذ هـ ـب   ر مـ ـى

ز لـ ـق   سـ ـكـ ـر   شـ ـغـ ـل   صـ ـهـ ـعـ ـة   قـ ـفـ ـل

ضـ ـلـ ـعـ ـة   طـ ـا لـ ـب   غـ ـر يـ ـق   كـ ـمـ ـشـ ـة

ظـ ـهـ ـر   فـ ـتـ ـح   قـ ـبـ ـض   لـ ـحـ ـم   هـ ـبـ ـل

مـ ـعـ ـجـ ـو ن   نـ ـحـ ـصـ ـد   و ز يـ ـر   يـ ـبـ ـس

بـــشـــتـــعـــفـــنـــجـــغـــا ـــهـــســـطـــا ـــثـــخـــ

ـــصـــيـــمـــكـــهـــضـــظـــر   ز د و ا ى

امـــيـــر   بـــرنـــوس   تـــفـــاح   ثـــقـــيـــل

جـبـن   حـكـم   خـبـاز   دهـلـيـز   ذقـن

ربـيـع   زبـال   سـكـيـن   سـلـوقـي   شـجـاع

صـادق   ضـمـيـر   طـاقـة   ظـهـور   عـيـب

غـبـرة   فـارة   ڨـانـة   قـبـور   ڨـلـب

ڨـنـيـن   ڨـود   كـشـاو   كـلـبـة   لابـس

مـلاس   نـار   هـارب   ويـدان   يـسـار ❋

Joindre ensemble les lettres suivantes :

ا س د (اسد) ب ع ث (بعث) ت ا ج ر

(تاجر) ث ق ل ج ع ل ـح ك ة خ ي ر

د ف ع ذ ي ا ب ز ل ف س ب س ي ش ر ك ة

ص ي د ض ر ب ة ط ر ي ق ب ر ي د ع س ة

غ ب ر ة ك ب ش ظ ا ل م ب ر ق ة ف ل ع ة

ك س ر ل ب س ة س ر د و ك م ع م ر ة ن ج م ة

ه ا م ش و ز ي ر ي د ه م *

ت ك ش م ي ف ل ص ع ج ط ض ن ز ب ج ح خ ظ

ث ن غ و ج ع ف م س د ا س ه م ل ن ف ص ك ع

ح ن ل ا *

7e LEÇON

DES VOYELLES

Combien y a-t-il de voyelles en arabe ?

Il y a en arabe trois voyelles : A, OU ou O et I.

Comment représente-t-on ces voyelles ?

Ces voyelles se représentent à l'aide de petits signes que l'on met au-dessus ou au-dessous des consonnes.

Le son A se représente à l'aide d'un petit trait que l'on met au-dessus de la consonne (ـَ) ; exemple : بَ *ba ;* تَ *ta ;* سَ *sa*, etc.

Le son OU se représente à l'aide d'un petit *ouaou* que l'on met au-dessus de la consonne (ـُـ), exemple : بُ *bou* ; تُ *tou* ; سُ *sou*, etc.

Le son I se représente à l'aide d'un petit trait que l'on met au-dessous de la consonne (ـِـ) ; exemple : بِ *bi* ; تِ *ti* ; سِ *si*, etc.

Comment doit-on prononcer, dans l'arabe parlé, une consonne qui n'est pas pourvue de voyelle ?

Une consonne qui n'est pas pourvue de voyelle doit se prononcer avec la voyelle E ; exemple : سكن *se-ke-ne* ; — شرب *che-re-be* ; — فهم *fe-he-me* ; — رَجل *ra-dje-le*, etc.

Quel son donne la lettre ة placée à la fin des mots ?

La lettre ة à la fin des mots, lorsqu'elle représente le pronom affixe de la 3e personne du masculin singulier (5e *leçon de la grammaire*), donne à la lettre qui précède le son de O ou Ho ; exemple : ضربه *d·e-re-bho* ; — رفده *re-fe-dho* ; — طلبه *t·e-le-bho*, etc.

Comment doit-on prononcer la terminaison ـًا ?

Cette terminaison, que l'on rencontre rarement dans l'arabe parlé, se prononce *ane* ou *ene* ; exemple : أَبَدًا *a-ba-dene*.

Quel son font donner souvent les lettres ح *et* ع *à la lettre qui précède ?*

Elles font donner le son de A à la lettre qui précède ; exemple : ربح *re-ba-h·e* ; — بعث *be-'a-tse*. Du reste ces deux lettres sont presque toujours prononcées avec la voyelle A ; exemple : عرف *a-re-fe* ; — حكم *h·a-ke-me*.

1er EXERCICE

برد *bered*, il a été froid.

بطل *bet'el*, il a été nul.

بعث *be'ats*, il a envoyé.

بعد il a été éloigné.

بزق il a craché.

بلع il a avalé.

تبع il a suivi.

ترك il a laissé.

ثقل il a été lourd.

ثقب il a troué.

جبد il a tiré.

جرح il a blessé.

جمع il a rassemblé.

حبس il a emprisonné.

حرث il a labouré.

حزم il a serré, sanglé.

حرق il a brûlé.

حزن il s'est attristé.

حسب il a compté.

حصد il a moissonné.

حضر il s'est présenté.

حفر il a creusé.

حكم il a jugé.

حلف il a juré.

خبط il a frappé.

خدم il a servi, travaillé.

خرج il est sorti.

خزن il a enfoui.

خطف il a enlevé.

دخل il est entré.

درس il a battu les grains.

دفع il a poussé, payé.

دفن il a enterré.

ذبح il a égorgé.

ذهب il est parti.

ربح il a gagné.

ربط il a attaché.

رجع il est revenu.

رضع il a teté.

رفد il a porté.

ركب il est monté.

زلق il a glissé.

سبق il a devancé.

سخن il a chauffé.

سرق il a volé.

سكت il s'est tu.

سكن il a habité.

سمح il a pardonné.

سمع il a entendu.

شبع il s'est rassasié.

شرب il a bu.

شعل il a allumé.

شفق il a eu pitié.

شكر il a loué.

صبر il a attendu.

صدق il a été sincère.

صنع il a fabriqué.

ضحك il a ri.

ضرب il a frappé.

طبخ il a fait cuire.

طلب il a demandé.

طلع il est monté.

طلق il a lâché.

طمع il a convoité.

2e EXERCICE

ظلم il a été injuste.

ظهر il a paru.

عبد il a adoré.

عجب il a plu.

عجل il s'est hâté.

عذر il a excusé.

عرض il a invité.

عرف il a su.

عقل il a connu.

علم il a su.

عمل il a fait.

غدر il a trompé.

غرق	il a péri.
غسل	il a lavé.
غضب	il s'est irrité.
فتح	il a ouvert.
فرح	il s'est réjoui.
فسد	il a gâté.
فطر	il a déjeuné.
فهم	il a compris.
قبض	il a pris.
قبل	il a accepté.
قتل	il a tué.
قدر	il a pu.
قصد	il s'est dirigé vers.
قطع	il a coupé.
قعد	il s'est assis.
كبر	il a grandi.
كذب	il a menti.
كسب	il a possédé.
كشف	il a découvert.
لبس	il a revêtu.
لحس	il a léché.
لحق	il a rejoint, atteint.
لزم	il a été nécessaire.
لمع	il a aperçu.
مرض	il a été malade.
مضغ	il a mâché.
ملك	il a possédé.
منع	il a empêché.
مسك	il a saisi.
نبت	il a poussé.
نزل	il est descendu.
نشر	il a étendu.
نظر	il a regardé.
نقص	il a diminué.
نكر	il a nié.
هبط	il est descendu.
هبل	il est devenu fou.
هلك	il a péri.
وجع	il a fait souffrir.
وزن	il a pesé.

وصل	il est arrivé.	ولد	il a enfanté.
وقف	il s'est arrêté.	يبس	il a séché.

3e EXERCICE

ضُرِبَ	*d'ouriba*, il a été frappé.	فرسه	sa jument.
قُتِلَ	*k'outila*, il a été tué.	قصب	roseau.
جُرِحَ	il a été blessé.	حطبك	ton bois.
أَبَدًا	jamais.	مَلِك	roi.
سُرِقَ	il a été volé.	سنة	année.
فُتِحَ	il a été ouvert.	دشُره	ses villages.
بَقَرَتُهُ	sa vache.	ورقة	feuille.
كُتُبُكَ	tes livres.	بقرة	vache.
بِقَلَمِهِ	avec sa plume.	كتبه	ses livres.
جِهَتُكَ (1)	ton côté.	بلدك	ta ville.
آخر	fin.	شجرة	arbre.
قمر	lune.	بصل	oignon.
مثل	proverbe.	بقلم	avec une plume.
مدُن	villes.	بفرسك	avec ta jument.
عسله	son miel.	مُراده	son intention.

(1) Ces 10 exemples ont été accompagnés des voyelles grammaticales comme exercice : ils appartiennent à l'arabe régulier.

8e LEÇON

LETTRES DE PROLONGATION

Quelles sont les lettres de prolongation ?

Les lettres de prolongation sont : ا, و et ي

ا donne le son de A à la lettre qui précède ; exemple : با *Bâ*, سا *Sâ*, را *Râ*, etc.

و donne le son de OU à la lettre qui précède ; exemple : بو *Boû*, سو *Soû*, رو *Roû*, etc.

ي donne le son de I à la lettre qui précède ; exemple : بي *Bî*, سي *Sî*, ري *Rî*, etc.

(Nous indiquerons les lettres de prolongation en mettant un accent circonflexe sur la voyelle.)

Lorsque la lettre de prolongation و *se trouve à la fin d'un mot, qu'arrive-t-il ?*

On la fait presque toujours suivre d'un ا d'orthographe, dont on ne doit pas tenir compte dans la prononciation ; exemple : شافوا *châ-foû* et non *châ-foû-a*.

Quelle remarque doit-on faire pour le ى *à la fin de certains mots ?*

A la fin de certains mots, la lettre qui précède le ي doit avoir le son de A et non le son de I. (Nous mettrons toujours, dans ce cas, la voyelle A sur la lettre précédente.) Exemple : بَنَى *be-nâ ;* — شَرَى *che-râ*, etc.

1er EXERCICE

بات	il a passé la nuit,	يبات	il passera la nuit.
باض	il a pondu,	يبيض	il pondra.
باع	il a vendu,	يبيع	il vendra.
بان	il a apparu,	يبان	il apparaîtra.
جاب	il a apporté,	يجيب	il apportera.
جاز	il est passé,	يجوز	il passera.
جاع	il a eu faim,	يجوع	il aura faim.
خاف	il a craint,	يخاف	il craindra.
داخ	il a été étourdi,	يدوخ	il sera étourdi.
دار	il a tourné,	يدور	il tournera.
دام	il a duré,	يدوم	il durera.
ذاب	il a fondu,	يذوب	il fondra.
ذاق	il a goûté,	يذوق	il goûtera.
راح	il est allé,	يروح	il ira.
زاد	il a augmenté,	يزيد	il augmentera.
زار	il a visité,	يزور	il visitera.
زال	il a cessé,	يزول	il cessera.
سار	il a marché,	يسير	il marchera.
ساق	il a conduit,	يسوق	il conduira.

سال	il a coulé,	يسيل	il coulera.
شاف	il a vu,	يشوف	il verra.
صاب	il a trouvé,	يصيب	il trouvera.
صاح	il a crié,	يصيح	il criera.
صام	il a jeûné,	يصوم	il jeûnera.
ضاع	il a perdu,	يضيع	il perdra.
ضاق	il a été étroit,	يضيق	il sera étroit.
طاب	il a été mûr,	يطيب	il sera mûr.
طاح	il est tombé,	يطيح	il tombera.
طار	il a volé (oiseau),	يطير	il volera.
طاع	il a obéi,	يطيع	il obéira.
طال	il a été long,	يطول	il sera long.
عاش	il a vécu,	يعيش	il vivra.
عام	il a nagé,	يعوم	il nagera.
غاب	il s'est absenté,	يغيب	il s'absentera.
غار	il a été jaloux,	يغير	il sera jaloux.
ڢات	il est passé,	يڢوت	il passera.
ڢاح	il a pué,	يڢوح	il puera.
ڧاس	il a mesuré,	يڧيس	il mesurera.
ڧال	il a dit,	يڧول	il dira.

قام	il s'est levé,	يقوم	il se lèvera.
لاح	il a jeté,	يلوح	il jettera.
لاق	il a convenu,	يليق	il conviendra.
لام	il a blâmé,	يلوم	il blâmera.
مات	il est mort,	يموت	il mourra.
مال	il s'est penché,	يميل	il penchera.
نال	il a obtenu,	ينال	il obtiendra.
نام	il a dormi,	ينوم	il dormira.

2e EXERCICE

بدا	il a commencé.	خذا	il a pris.
بَرَى	il a guéri.	رجا	il a attendu.
بطا	il a tardé.	رَمَى	il a jeté.
بغَى	il a voulu.	رَضَى (1)	il a consenti.
بقَى (1)	il est resté.	رَسَى	il a ancré.
بكَى	il a pleuré.	زقَى	il a crié.
بنَى	il a construit.	سعَى	il a possédé.
جرَى	il a couru.	سقَى	il a abreuvé.
حبا	il s'est traîné.	شرَى	il a acheté.
حكَى	il a raconté.	طوَى	il a plié.

(1) Telle est la prononciation dans l'arabe parlé.

غلى	il a bouilli.	سادس	sixième.
قرا	il a lu.	سابع	septième.
كرى	il a loué.	ثامن	huitième.
كفى	il a suffi.	تاسع	neuvième.
كلا	il a mangé.	عاشر	dixième.
مضى	il est passé.	خميس	jeudi.
ماضي	passé.	ربيع	printemps.
ملا	il a rempli.	صيف	été.
قضى	il a accompli.	خريف	automne.
لقى (1)	il a rencontré.	شتا	hiver.
مشى	il est allé.	نهار	jour.
ثاني	second.	يوم	jour.
ثالث	troisième.	ليل	nuit.
رابع	quatrième.	ليلة	nuit.
خامس	cinquième.	عام	année.

3e EXERCICE

جوز	noix.	موت	mort.
موز	banane.	ثوم	ail.
لوز	amande.	سوق	marché.

(1) Telle est la prononciation dans l'arabe parlé.

صوف laine.	فار souris.
فوطة serviette.	ناره son feu.
موجة vague.	خال oncle.
غول ogre.	كابوس pistolet.
فول fève.	كوابس pistolets.
بيت chambre.	نافوس cloche.
خيل chevaux.	فادوس conduit.
سيف sabre.	فلوكة barque.
نيف nez.	خديمه son domestique.
زيت huile.	بلادنا notre pays.
ليم citron.	عبيدي mes esclaves.
جير chaux.	حانوتنا notre boutique.
خير bien.	سلوقينا notre lévrier.
جارة voisine.	جيران voisins.
بابه sa porte.	بيبان portes.
تاج couronne.	غيران cavernes.
ساق jambe.	فيسانا nos pioches.
غارها sa caverne.	فيران souris.
راس tête.	عجوزة vieille.
فاس pioche.	برانس bernous.

مغارفي	mes cuillers.	خزانة	armoire.
بسلاقنا	avec nos lévriers.	تضاربوا	ils se sont battus.
فلايك	barques.	يتشاوروا	ils se consulteront.
مدافع	canons.	مباركة	bénie.

9e LEÇON

DU DJEZM

Qu'appelle-t-on Djezm ?

On appelle *Djezm* un signe ayant la forme d'un petit croissant (ـْ) que l'on met sur une consonne pour indiquer qu'elle ne doit pas être prononcée avec une voyelle. Le *Djezm* indique donc l'absence de voyelle. Ce signe se nomme aussi *Soukoûn*. Exemples : قُلْ *k·oul* ; — جِبْ *djib* ; — مَرْكَب *mer-ke-be* ; مَكْتُوب *mek-toû-be*, etc.

(Une lettre qui porte un *Djezm* doit toujours se rattacher dans la lecture à la syllabe précédente.)

1er EXERCICE

بَتْ	*bat*, passe la nuit.	دُمْ	dure.
جِبْ	*djib*, apporte.	دُقْ	goûte.
جُزْ	*djouz*, passe.	رُحْ	va.
دُرْ	*dour*, tourne.	زِدْ	augmente.

بِعْ vends.
زُرْ visite.
سِرْ marche.
شُفْ vois.
صِبْ trouve.
صُمْ jeûne.
طِحْ tombe.
طِرْ vole.
عِشْ vis.
عُمْ nage.
غِبْ absente-toi.
غِرْ sois jaloux.
قِسْ mesure.
قُلْ dis.
قُمْ lève-toi.
لُمْ blâme.
يَبْنِي il bâtira.
يَجْرِي il courra.
يَحْبو il se traînera.

يَحْكِي il racontera.
يَرْجا il attendra.
يَرْمِي il jettera.
يَرْضَى il consentira.
يَشْرِي il achètera.
يَبْدا il commencera.
يَبْرا il guérira.
يَبْطا il tardera.
يَبْغِي il voudra.
يَبْقَى il restera.
يَبْكِي il pleurera.
يَقْرا il lira.
يَكْرِي il louera.
يَكْفِي il suffira.
يَمْضِي il partira.
يَمْلا il remplira.
يَقْضِي il accomplira.
يَلْقَى il rencontrera.
يَمْشِي il ira.

2e EXERCICE

شمس	soleil.
أرض	terre.
جبس	plâtre.
ملح	sel.
قمح	blé.
قرط	fourrage.
ورد	rose.
عرق	branche.
رند	laurier.
لفت	navet.
جبح	ruche.
جحش	ânon.
فرد	bœuf.
قرن	corne.
فرخ	poussin.
زفت	bitume.
حلق	gosier.
بنت	fille.
أخت	sœur.
خبز	pain.
عقد	acte.
جسد	corps.
قلب	cœur.
أذن	oreille.
جلد	peau.
جرح	blessure.
معزة	chèvre.
دفلى	laurier-rose.
نخلة	palmier.
قلتة	marais.
نجمة	étoile.
ظلمة	obscurité.
كدية	mamelon.
صخرة	rocher.
شعبة	ravin.
جذرة	tronc.
قشرة	écorce.
حطبة	bûche.

كرمة figuier.
نعجة brebis.
قرفة cannelle.
نملة fourmi.
بغلة mule.
كلبة chienne.
مهرة pouliche.
مرجة prairie.
سعلة toux.

رحبة balle.
قدرة marmite.
قبلة bouton.
قبضة poignée.
زبرة enclume.
فتلة vis.
لحية barbe.
ركبة genou.
نقطة point.

3e EXERCICE

مسلم musulman.
نصراني chrétien.
مرسى port.
برجوري porcelaine.
مشهومة bouquet.
يسمين jasmin.
سلطان roi.
صفصاف peuplier.
مشماش abricot.
قسطل châtaigne.

كرموس figue.
بندقة noisette.
لنجاص poire.
عنقود grappe.
قرنونش cresson.
جلبان petits pois.
فلفل poivre.
عتروس bouc.
مهراس pilon.
سروال pantalon.

مسْياسة	bracelet.	محْصد	faux.
قهْواجي	cafetier.	مطْمورة	silo.
مقْفولجي	cordonnier.	قنْطرة	pont.
ترْجمان	interprète.	دهْليز	cave.
جرْبوع	gerboise.	قرْمود	tuile.
برْغوث	puce.	كرْسي	chaise.
ثعْلب	renard.	مصْباح	lampe.
عقْرب	scorpion.	مطْرح	matelas.
عجْمي	taureau.	منْشاره	sa scie.
سرْدوك	coq.	مسْمارهُمْ	leur clou.
زرْزور	étourneau.	قسْطبينتها	son dé.
جحْمومة	merle.	يسْتكْبروا	ils s'enorgueillissent.
محْرث	charrue.	مسْتعْجبة	surprise.
منْجل	faucille.	بمدافعكُمْ	avec vos canons.

10e LEÇON

DU CHADDA

Qu'appelle-t-on Chadda ?

On appelle *Chadda* un signe ayant la forme d'un petit *sîne* (ـّـ) qu'on met au-dessus des consonnes, rarement au-dessous, pour indiquer qu'il faut appuyer sur elles en les prononçant. Le

Chadda indique en quelque sorte le redoublement de la consonne. Ce signe se nomme aussi *Techdîd*. Exemple : مرّ *merre* ; — مرّة *merrat* ; — سلّك *sellek* ; — مرّض *merred·* ; — كلّف *kellef* ; — لبّس *lebbes* ; — دبّر *debber* ; نجّار *neddjâr* ; — سرّاق *serrâk·*, etc.

1er EXERCICE

بلّ	*belle*, il a mouillé.	سبّ	il a insulté.
تمّ	*temme*, il a fini.	سدّ	il a bouché.
جرّ	*djerre*, il a traîné.	سلّ	il a dégainé.
حبّ	*h·abbe*, il a aimé.	شدّ	il a tenu.
حجّ	il a fait le pèlerinage	شكّ	il a soupçonné.
خصّ	il a manqué.	شمّ	il a senti.
خفّ	il s'est dépêché.	صبّ	il a versé.
دزّ	il a envoyé.	صدّ	il est parti.
دسّ	il a caché.	صكّ	il a rué.
دقّ	il a pilé.	ضرّ	il a nui.
دكّ	il a bourré.	طلّ	il a regardé.
دلّ	il a indiqué.	ظنّ	il a pensé.
ردّ	il a rendu.	عسّ	il a veillé.
رشّ	il a arrosé.	عضّ	il a mordu.

غرّ	il a trompé.	بقّ	punaise.
فكّ	il a enlevé.	جبّ	citerne.
قرّ	il a avoué.	جدّ	grand-père.
قصّ	il a coupé.	جرّة	trace.
فضّة	argent.	جزّة	toison.
قبّة	coupole.	جنّ	génies.
قزّ	soie.	حدّ	limite.
قشّ	effets.	حسّ	bruit.
حطّ	il a posé.	خدّ	joue.
حلّ	il a ouvert.	خطّ	ligne.
حنّ	il a eu pitié.	خلّ	vinaigre.
خزّ	il a trotté.	ربّي	mon Dieu.
خشّ	il est entré.	سمّ	poison.
كبّ	il a versé.	سنّ	dent.
لفّ	il a enroulé.	شرّ	mal.
لمّ	il a ramassé.	شطّ	rivage.
مدّ	il a tendu.	ضدّ	contraire.
مسّ	il a touché.	عشّ	nid.
مصّ	il a sucé.	غشّ	colère.
ملّ	il a été dégoûté.	صحّة	santé.

قطّ	chat.	لصّ	voleur.
كفّ	paume de la main.	مخّ	cervelle.

2e EXERCICE

بقّى	*bek·k·â* il a fait rester	ثقّل	il a appuyé.
غنّى	*r'ennâ*, il a chanté.	جرّب	il a éprouvé.
خبِّ	*khebbi*, cache.	حقّبو	il a rasé.
ربّى	il a élevé.	حوّس	il s'est promené.
صلّى	il a prié.	خلّص	il a délivré.
صلِّ	prie.	خلّط	il a mélangé.
عرّى	il a dépouillé.	دوّر	il a tourné.
خلِّ	laisse.	لبّس	il a habillé.
قوّى	il a fortifié.	لجّم	il a bridé.
نحّى	il a enlevé.	مرّض	il a rendu malade.
طرّد	il a chassé.	نقّص	il a diminué.
طرّز	il a brodé.	وسّخ	il a sali.
خمّم	il a réfléchi.	تكلّم	il a parlé.
صوّر	il a dessiné.	تبدّل	il s'est altéré.
أوّل	premier.	تفرّج	il a examiné.
بدّل	il a changé.	ذوّب	il a fait fondre.
بطّل	il a annulé.	رقّع	il a réparé.

ريّح	il s'est reposé.
زوّج	il a marié.
سخّن	il a chauffé.
سرّج	il a sellé.
سرّح	il a lâché.
سقّم	il a redressé.
سلّف	il a prêté.
سلّم	il a salué.
صدّق	il a cru.
ضيّف	il a hébergé.
طلّق	il a répudié.
طيّش	il a jeté.
عذّب	il a châtié.
عمّر	il a rempli.
عيّط	il a crié.
ميّن	il a visé.
غشّش	il a irrité.
غيّر	il a altéré.
فرّق	il a séparé.
كبّر	il a agrandi.
كثّر	il a augmenté.
علّم	il a enseigné.
تفلّق	il s'est fendu.
تنفّس	il a respiré.
تلفّت	il s'est retourné.
تفوّه	il a bâillé.
تقطّع	il s'est rompu.
تمشّى	il a marché.
تمنّى	il a souhaité.
تدرّق	il s'est abrité.

3e EXERCICE

بيّاع	vendeur.
بوّاب	portier.
جزّار	boucher.
خبّاز	boulanger.
خيّاط	tailleur.
غنّاي	chanteur.
نجّار	menuisier.
صفّار	chaudronnier.

حبّال cordier.
صوّار dessinateur.
عطّار droguiste.
حدّاد forgeron.
دبّاغ tanneur.
رحّاي meunier.
بنّاي maçon.
زوّاف peintre.
صبّاغ teinturier.
خرّاز savetier.
حمّار ânier.
بغّال muletier.
خوّاف poltron.
دُخّان fumée.
سبّولة épi.
عقّونة muette.
بكّاي pleurnicheur.
عيّانين fatigués.
عنّابة jujubier.
صيّاد chasseur.

فخّار potier.
سمّار maréchal ferrant.
شكّار flatteur.
شوّاف espion.
فلّاح cultivateur.
طمّاع ambitieux.
نشّار scieur.
نسّاج tisserand.
زجّاج vitrier.
قيّاس arpenteur.
بحّار jardinier.
جرّاي coureur.
مشّاى marcheur.
دلّال crieur public.
ترّاس piéton.
جرّاح chirurgien.
حطّاب bûcheron.
معلّم patron.
خرّوبة caroubier.
رمّانة grenade.

جزايريّة	algérienne.	سلّومهم	leur échelle.
ذبّانة	mouche.	عسّاسين	gardiens.
خطّايفة	hirondelle.	هجّالة	veuve.

11e LEÇON

DU OUES·LA ET DU MADDA

Qu'appelle-t-on Oues·la?

On appelle *Oues·la* un signe ayant la forme d'un petit *s·âd* (ـٱ) que l'on met sur l'*alîf* au commencement de certains mots, pour indiquer que cet *alîf* ne doit pas être prononcé. — Souvent, dans l'arabe parlé, un *alîf* surmonté d'un *Oues·lâ* se prononce E; exemples : بابٱلبيت il faut lire comme s'il y avait بابلبيت *bâ-bel-bît;* — دارٱلولد *dâ-rel-ouled;* — بٱلمطرف *bel-met·-rek·;* — ٱستعجب *es-ta'-djeb.*

Remarque. — Lorsqu'un mot commençant par une lettre solaire (V. 4e *leçon de la Grammaire*) est précédé de l'article ٱل *el*, on ne prononce plus le ل de l'article, mais on prononce double la première lettre du mot, sur laquelle on met un *chedda*; exemple : ٱلرّجل *erradjel*, et non *elradjel.*

EXERCICE

مع ٱلحبيب	avec l'ami.	من ٱلبلد	de la ville.
بٱلمكحلة	avec le fusil.	بٱلكابوس	avec le pistolet.

بآلسّيف	avec le sabre.	عَلَى آلخَيل (1)	sur les chevaux.
عِنْد آلرَّجل	chez l'homme.	عَلَى آلبغل	sur le mulet.
قدّام آلسّلطان	devant le roi.	فِي آلحَبْس (1)	dans la prison.
كآلبحر	comme la mer.	فِي آلزّنْقة	dans la rue.
مِن آلجنان	du jardin.	فِي آلصّيف	en été.

Qu'appelle-t-on Madda ?

On appelle *Madda* un signe ayant la forme d'un *alîf* horizontal (ٓ), qui indique que l'*alîf* sur lequel il est placé aurait dû être suivi d'un autre. Il donne quelquefois à l'*alîf* le son de A. (Ce signe peut être négligé dans l'arabe parlé.) Exemple : صحراء prononcez *s'efrâ*.

EXERCICE

مآء	eau.	حمْرآء	rouge.
آخر	autre.	زرْقآء	bleue.
بيضآء	blanche.	شقْرآء	rousse.
خضْرآء	verte.	حوْلآء	louche.
سمْرآء	brune.	عمْيآء	aveugle.
كحْلآء	noire.	فُقَرآء	pauvres.

(1) Prononcez : *'al elkhîl, — felh'abs.* (Voy. 2e leçon de la Grammaire.)

12e LEÇON

RÉCAPITULATION

Il y a en arabe 28 consonnes.

Il y a 3 voyelles : ـَ A, ـِ I, ـُ OU. Lorsqu'une consonne n'a pas de voyelle, il faut la prononcer avec la voyelle E. — Le ة donne toujours le son de A à la lettre qui précède. — Le ه final donne habituellement le son de O à la lettre qui précède.

Il y a 3 lettres de prolongation : و OU, ا A, ي I. — Le ي est quelquefois précédé du son A lorsqu'il est placé à la fin du mot.

Le *Djezm* (ـْ) indique l'absence de voyelle.

Le *Chadda* (ـّ) indique le redoublement de la consonne.

Le *Oues'la* (ـٱ) indique que l'alîf ne doit pas être prononcé ; seulement, dans l'arabe parlé, on le prononce souvent E.

Le *Madda* (ـٓ) indique que l'alîf aurait dû être suivi d'un autre alîf.

1er EXERCICE

سُلْطَان	فِي غابتهِ	ذيب	كُلّ
soult'âne	*r'âbeto fî*	*dzîb*	*Koulle*
roi	(est) dans sa forêt	loup	Chaque

كمشة نحل خير من شواري ذبّان

dzebbâne chouârî men khîr neh·el Kemchat

de mouches un sac que (vaut) mieux d'abeilles Une poignée

الّي يحفر حفرة لخوه يطيح فيها

dedans tombe pour son frère un trou creuse Celui qui

المدعور من الحنش من الحبل يخاف

a peur de la corde le serpent par Celui qui a été mordu

اطلب الجار قبل الدار والرفيق قبل الطريق

avant et le compagnon la maison avant le voisin Recherche

le chemin

الصّديق تعرفه في زمان الضّيق

de la gêne le temps dans tu le reconnaîtras L'ami

هرب من الدّب وطاح في الجبّ

le puits dans et est tombé l'ours Il a fui

الّي ما يلحق شي العنقود يقول فارص

(qu'elle est) aigre dit la grappe n'atteint pas Celui qui

لَا حَوْلَ وَلَا قُوَّةَ إِلَّا بِاللَّهِ الْعَلِي الْعَظِيم

le Grand l'Élevé en Dieu que et de force Il n'y a de puissance

الْحَمْدُ لِلَّهِ رَبّ العالمين

des mondes Maître à Dieu Louange

2e EXERCICE (1)

(1re leçon) ولد ـ أولاد ـ حبيب ـ أحباب ـ كلب ـ كلاب ـ
جنان ـ جناين ـ باب ـ بيبان ـ مفتاح ـ مفاتح ـ عند ـ فدّام ـ
عند الولد ـ فدّام الحبيب ـ مفتاح باب ـ مفتاح الباب ـ مفتاح
باب جنان الولد * (2e leçon) عود ـ خيل ـ كتاب ـ كتب ـ
قلم ـ قلومة ـ بيت ـ بيوت ـ جاب ـ جبْ ـ جيبوا ـ فِي ـ مَعَ
ـ عَلَى ـ هَذا ـ هَذِه ـ هَذوا ـ هَذاك ـ هَذيك ـ هَذوك ـ هَذا
الكلب ـ هَذِه البيت ـ هَذوا الاولاد ـ هَذاك الكلب ـ
هَذيك البيت ـ هَذوك الاولاد * (3e leçon) عندي ـ عندك ـ
عنده ـ عندها ـ عندنا ـ عندكُم ـ عندهُم ـ جاب شي ـ ما جاب
شي * (4e leçon) رَجل ـ رجال ـ دار ـ ديار ـ زيت ـ تبن ـ
ضرب ـ شاف ـ يشوف ـ شوف ـ الرّجل ـ الزّيت ـ التّبن ـ
أين ـ واين ـ عند مَن ـ فدّام مَن ـ مَعَ مَن ـ أش ـ أش مَن ـ
باش ـ علاش ـ فاش ـ أش جاب * (5e leçon) كتابي ـ كتابك
ـ كتابه ـ كتابها ـ كتابنا ـ كتابكُم ـ كتابهُم ـ داري ـ دارك ـ خيلي
ـ خيلنا ـ يا رَجل ـ يا سيدي ـ نعم سيدي ـ لا لا يا سيدي *
(6e leçon) من ـ كيف ـ قبل ـ بَعْد ـ فوق ـ تحت ـ وراء ـ بين

(1) Les exemples qui suivent sont pris dans les 20 premières leçons de la 2e partie.

ـ فدّامي ـ فدّامك ـ عليّ ـ عليك ـ من أين ـ وفْتاش ـ كيفاش ـ
أشكون ـ فاش من ـ باش من ❊ (7e leçon) خو ـ بو ـ أمّ ـ بابا ـ
يمّا ـ وراي ـ وراك ـ وراه ـ وراها ـ بوي ـ بوه ـ فيّ ـ عَلَيّ ـ
عْلَى خاطر ـ حَتّى حاجة ـ حَتّى واحد ـ حَتّى دار ❊

3e EXERCICE

(8e leçon) قتل ـ رقد ـ هرب ـ سمع ـ فهم ـ جرح ـ طرّد ـ
يشوفني ـ يشوفك ـ يشوفه ـ يشوفها ـ يشوفنا ـ يشوفكُمْ ـ
يشوفهُمْ ـ ما فهمكُمْ شي ❊ (9e leçon) كبير ـ كبار ـ صغير ـ صغار
ـ مليح ـ ملاح ـ جديد ـ جداد ـ كلْبة ـ عودة ـ كبيرة ـ جديدة ـ
مراة ـ نساء ـ مكحلة ـ مكاحل ـ أخْت ـ خواتات ـ بنْت ـ بنات
ـ رجل ـ يد ـ عين ـ عيون ـ أرْض ـ بلَد ـ بلدان ـ وَهْران ❊
(10e leçon) طويل ـ طوال ـ قصير ـ قصار ـ مريض ـ مراض ـ ظريف
ـ ظراف ـ فرْحان ـ فرْحانين ـ عَيّان ـ عَيّانين ـ راني ـ راكْ ـ
راكِ ـ راه ـ راها ـ راهي ـ رانا ـ راكُمْ ـ راهُمْ ❊ (11e leçon) رَجل
مليح ـ كتاب جديد ـ ولد صغير ـ دار كبيرة ـ مكحلة طويلة ـ
اولاد ظراف ـ ٱلْبلَد ٱلصّغيرة ـ أُخْتي ٱلصّغيرة ـ هذوا ٱلْجناين ٱلْكبار
ـ كلْبة ٱلرّجل ـ كلْبتي ـ كلْبتك ـ مراتي ـ مراته ـ مراتهُمْ ❊
(12e leçon) برْدان ـ نعْسان ـ عطْشان ـ جيعان ـ هذا الرّجل مريض
ـ هذوا ٱلْخيل كبار ـ هذه المراة ما شي مليحة ـ طفل ـ اطْفال ـ

خديم - خُدّام - شيخ - شيوخ - جار - جيران * (13e leçon) خبّاز - جزّار - بوّاب - نجّار - حدّاد - خيّاط - خبّازين - بوّابين - كُنْت - كُنْتِ - كان - كانَتْ - كُنّا - كُنْتوا - كانوا - اللي - الرّجل اللّي كان مريض - المراة اللّي كانَتْ عندي - الخيل اللّي كانوا في الجنان * (14e leçon) قهواجي - مقفولجي - سكاكري - براملي - نكون - تكون - تكوني - يكون - تكون - نكونوا - تكونوا - يكونوا - كُنْ - كوني - كونوا - كاين - كاينة - كاينين *

4e EXERCICE

أنا - أنايا - أنْتَ - أنْتِيا - أنْتِ - أنْتِنا - هُوَ - هِيَ (15e leçon) - أحْنا - أنْتُمْ - أنْتُما - هُمْ - هُما - أشْكون هُوَ الرّجل اللّي - أشْكون هِيَ البنْت اللّي - اشكون هُما الرّجال اللّي - هَذا هُوَ - هاهُ - هَذِه هِيَ - هاهي - هَذوا هُما - هاهُمْ - فاس - فيسان - كاس - كيسان - مطْرف - مطارف - مغرفة - مغارف - بغل - بغال - كبْش - كباش - معْزة - معيز - سيف - سيوف * (16e leçon) خُبْز - لحم - شراب - حليب - ماء - قَهْوة - سكّر - حشيش - حطب - فحم - ملْح - جبن - كان عنْدي - كان عنْدك - يكون عنْدي - كانَت عنْدي مكحلة - كانوا عنْدي خيل - تكون عنْدي معْزة - يكونوا عنْدي كلاب * (17e leçon) المكحلة متاع خويَ - المفْتاح متاع الباب - متاع

مَنْ هَذا ٱلعود ـ ٱلكباش و ٱلمعيز متاع جارنا ـ هَذا ٱلكاس متاعي ـ هَذا ٱلكاس ذيالي ـ للبلد ـ للرّجل ـ لي ـ لك ـ له ـ لها ـ جاب لي ـ جِبْ لي ـ جِبْ لهُمْ ـ واحد ٱلولد ـ واحد ٱلمراة ـ آخر ـ أخْرَى ـ أخرين ـ ٱلرّجل ٱلآخر ـ ٱلكلاب ٱلأخْرين ـ كتابي ٱلآخر ـ راني وَحْدي ـ راك وَحْدك ـ وَحْده ـ وَحْدها ـ وَحْدنا ـ وَحْدكُمْ ـ وَحْدهُمْ ※ (18e leçon) عنْدك شي موسي وإلّا موس خوي ـ عنْدك شي مكحلتي و كابوسي ـ ما عنْدي لا هَذا لا هَذاك ـ لا هَذِه لا هَذيك ـ لا هَذوا لا هَذوك ※ (19e leçon) مرّتين ـ ليلتين ـ شهْرين ـ عامين ـ ساعتين ـ واحد و عشْرين ـ آثْنين و عشْرين ※ (20e leçon) فدّاش راهي ٱلسّاعة ـ شحال راهي ٱلسّاعة ـ أش من ساعة راهي ـ راهي ٱلواحدة ـ راهي الزّوج ـ راهي ٱلخمْسة ـ راهي ٱلسّبْعة ـ راهي ٱلاثناش ـ الواحدة ضربَتْ ـ ٱلسّتّة ضربَتْ ※

MODÈLES D'ÉCRITURE

Pour tracer l'écriture arabe, il est indispensable de se servir de plumes faites avec du roseau ou du bambou. Les plumes d'oie et celles de métal ne sauraient les remplacer.

Le côté lisse de l'instrument doit être tourné vers la gauche.

La plume, qu'il faut toujours tenir très légèrement, ne doit pas être perpendiculaire au papier ; il faut qu'elle touche, dans sa partie supérieure, la première phalange de l'index à la naissance du doigt. *(Voyez à la page suivante le dessin d'une plume arabe et sa position dans la main.)*

Il ne faut pas appuyer sur la plume.

L'écriture ne doit jamais être inclinée vers la droite, comme l'anglaise.

Pour arriver à tracer méthodiquement les lettres arabes, il faut s'exercer à imiter les modèles suivants. (Le signe X indique où il faut commencer.)

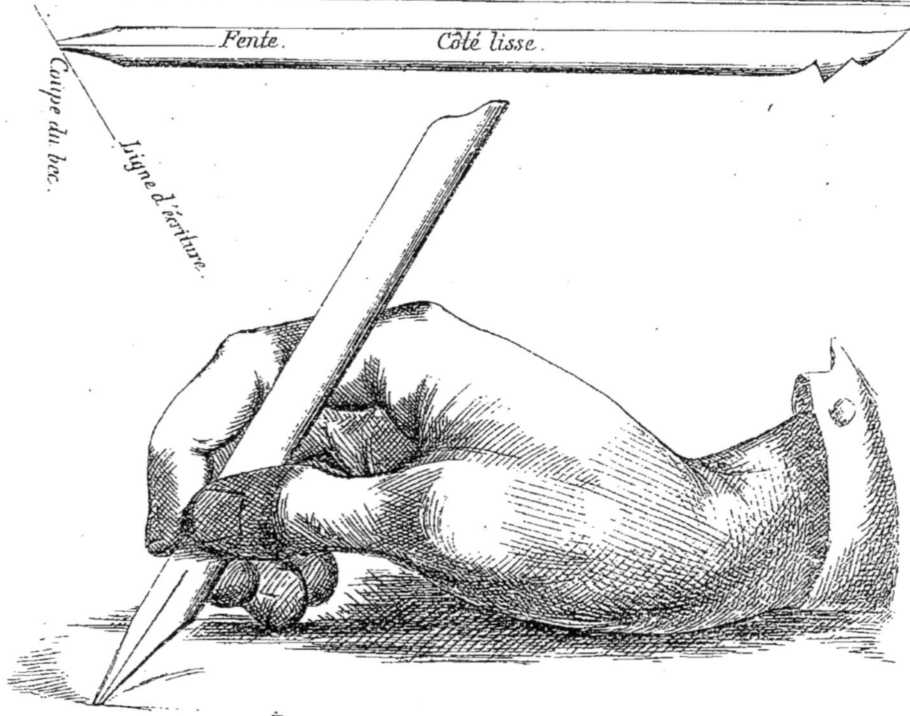

Position de la plume dans la main.

Lith. A. Jourdan.

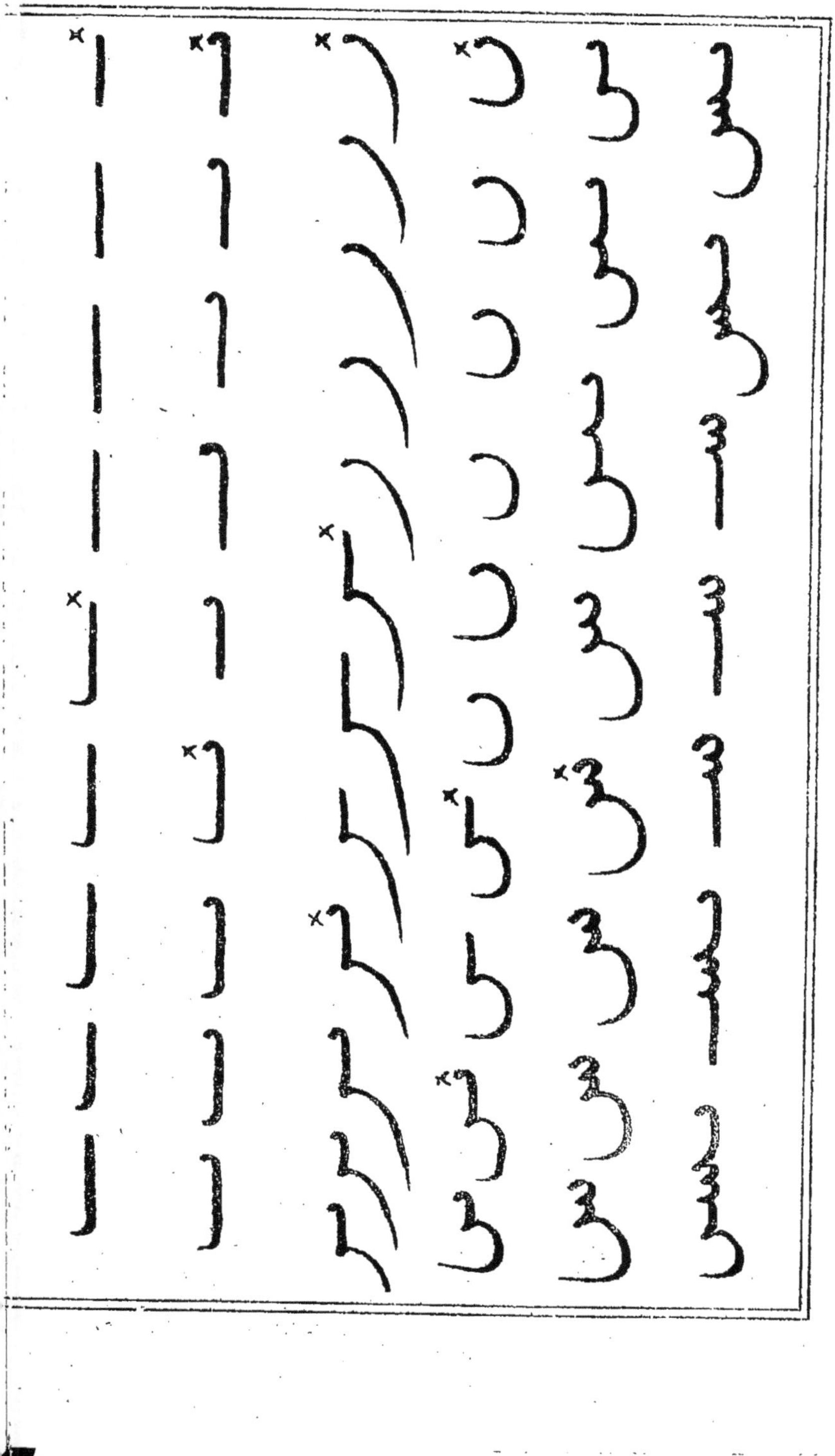

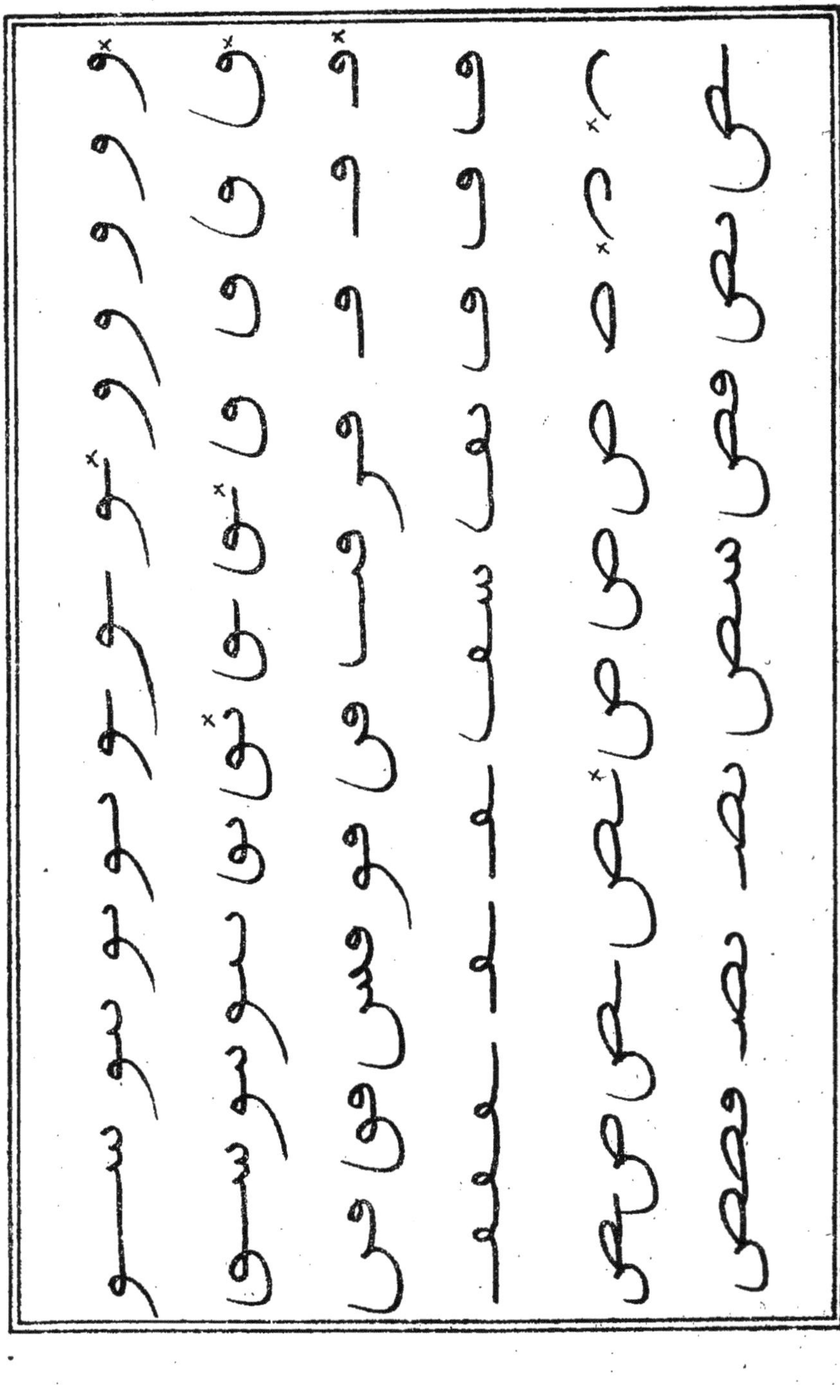

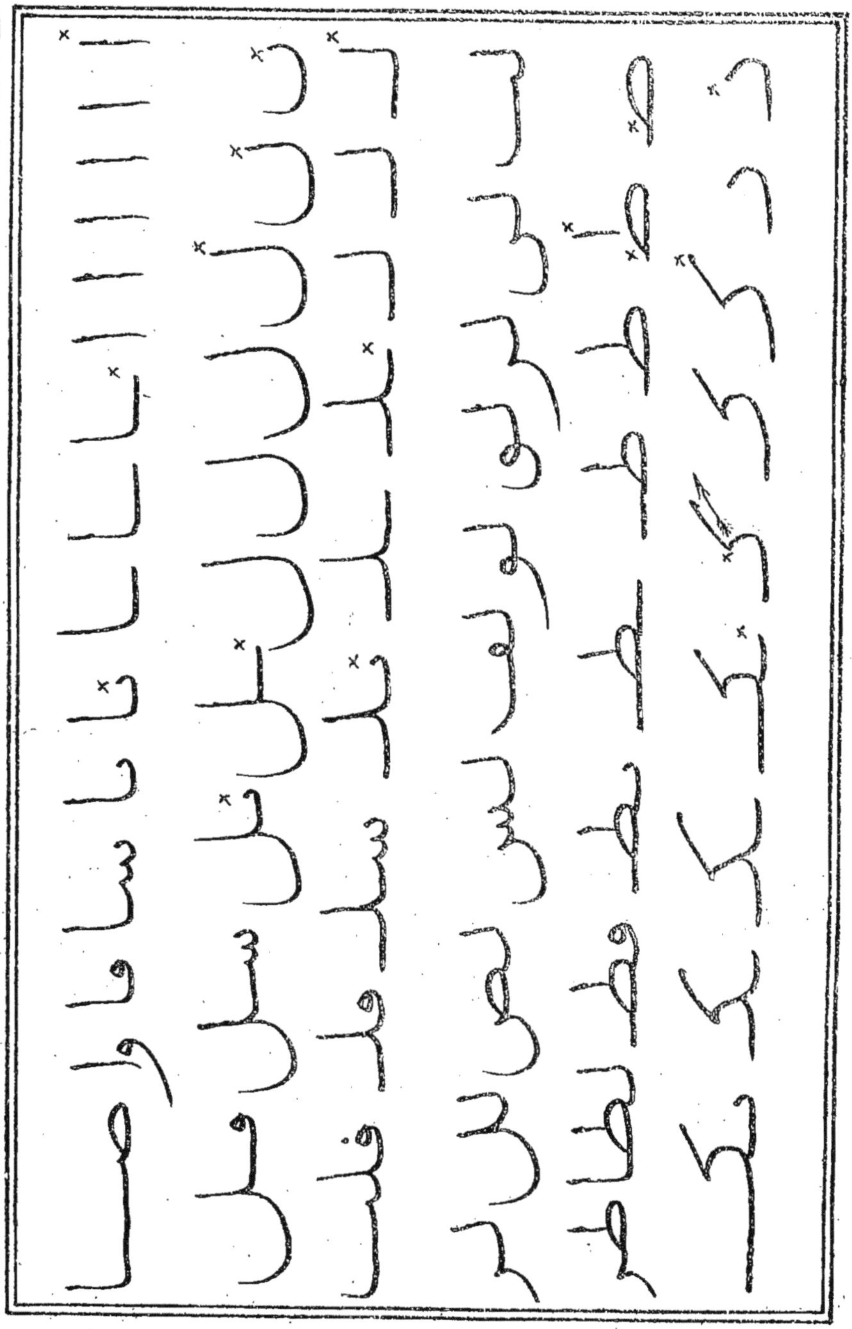

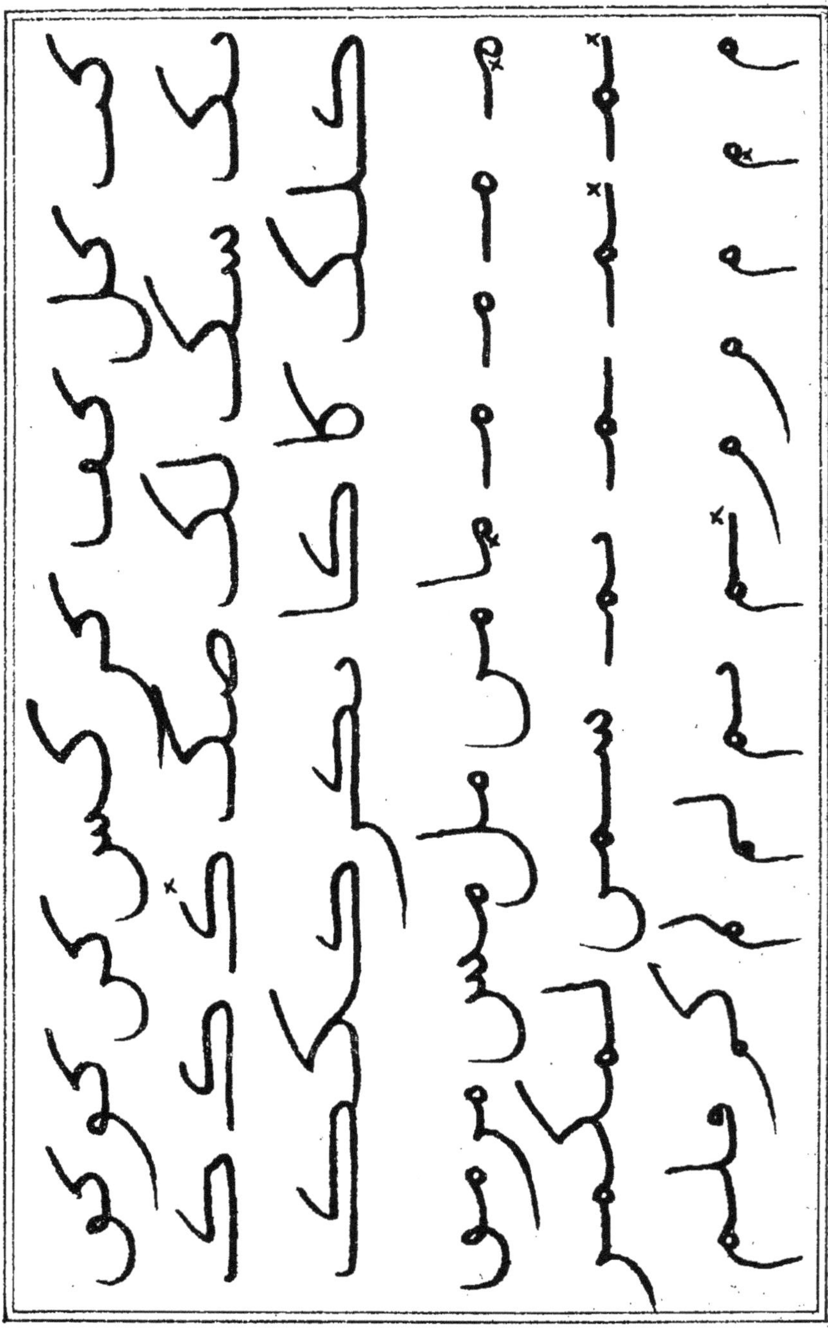

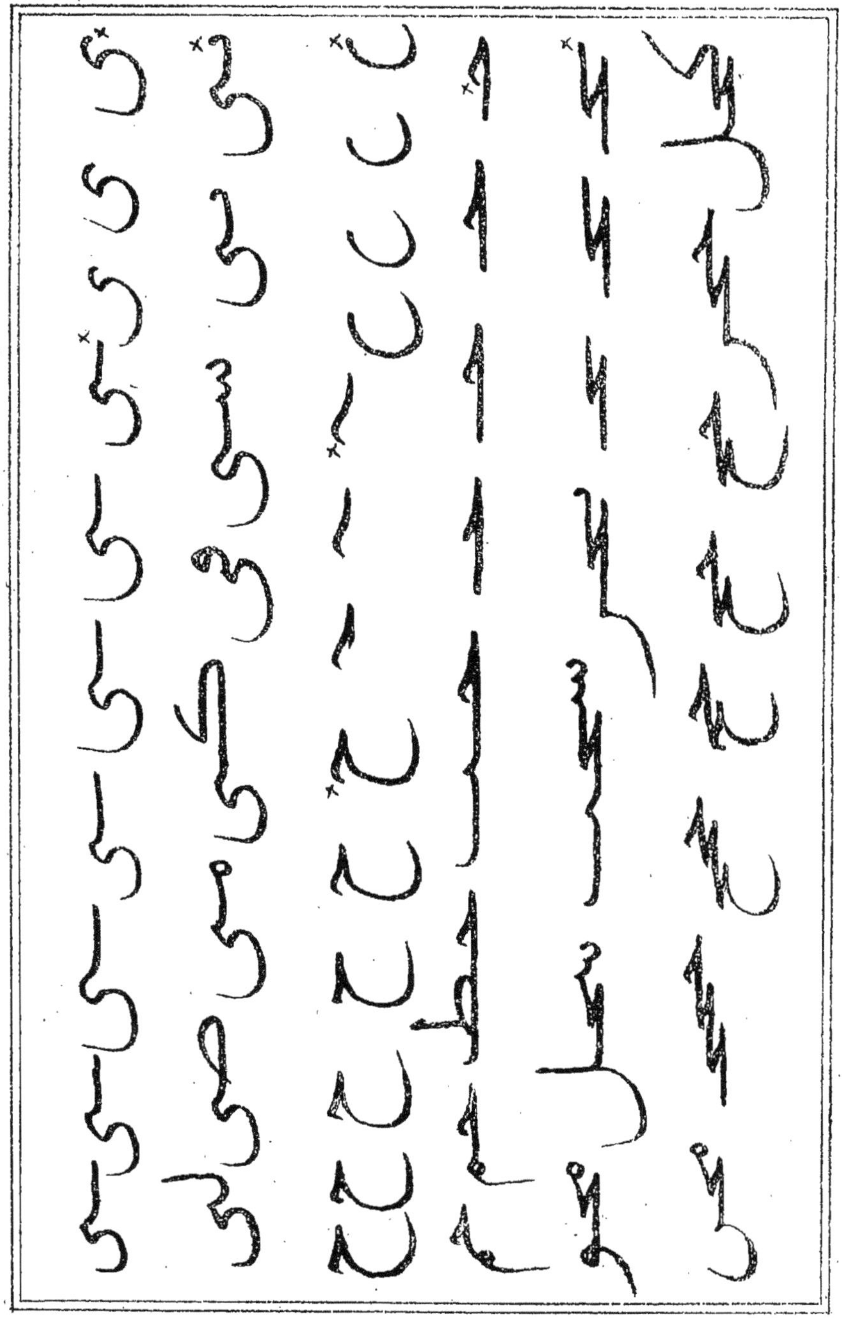

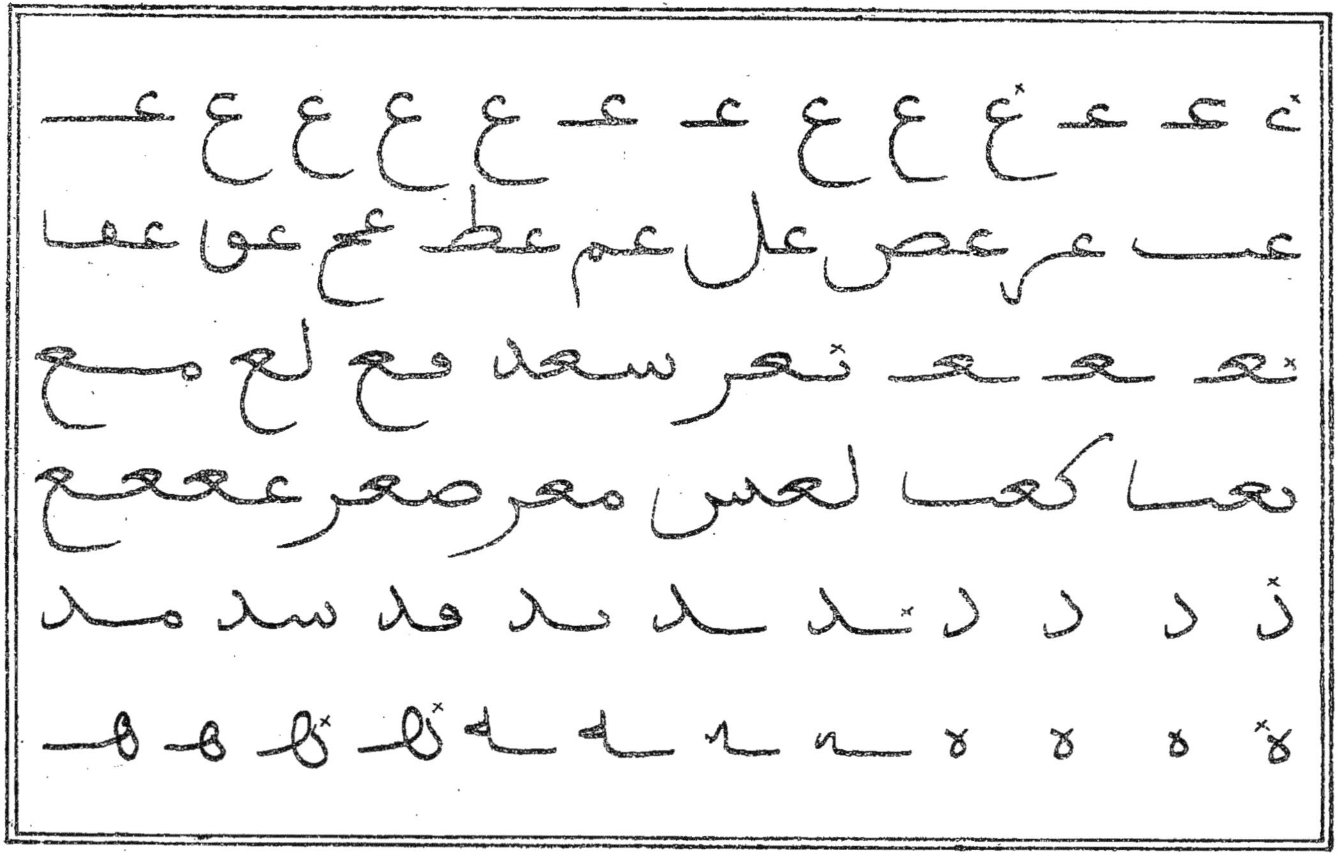

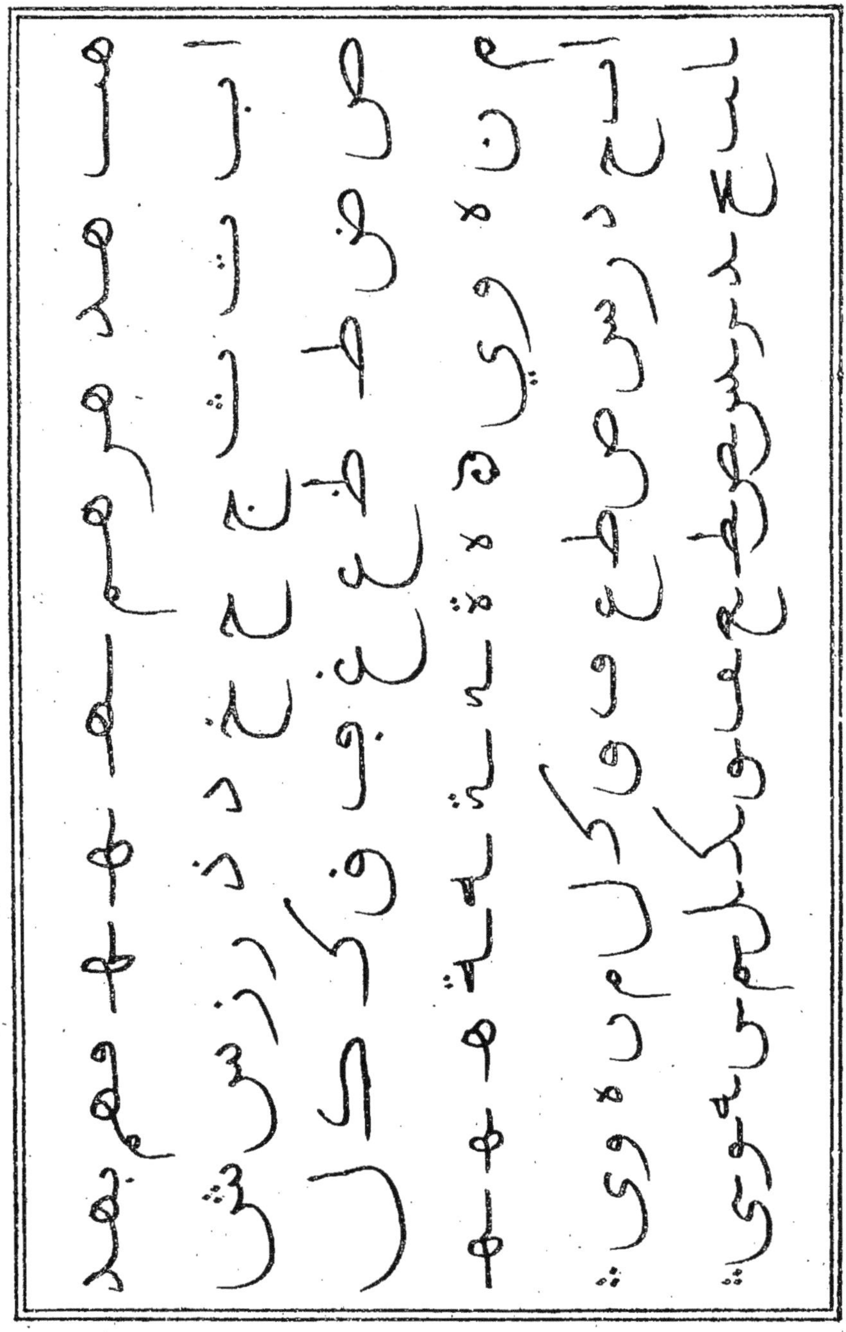

بـ حـ سـ صـ طـ عـ فـ كـ لـ مـ هـ

ـبـ ـحـ ـسـ ـصـ ـطـ ـعـ ـفـ ـكـ ـلـ ـمـ ـهـ

بحسصطعفكلمهه

دا ذو دق ال ام راس زد واد وزنا دوارزذ

ا بتثينن جحخ بد جذ ثرخز سش ه

صض طظع غعب فق ككل مرهي هو

أَمَرَ بَغَضَ تَعِبَ ثَقُلَ جَهِلَ حَكَمَ خَطَبَ

دَفَعَ ذَهَبَ رَمْلُ زَلَفَ سَمِعَ شَكَرَ صَعُبَ

ضَمِنَ طَبْلُهُ ظَهْرُهُ عَرَفَ غَرِقَ فَتَحَ قَدِمَ

كَثُرَ كَلْبَهُ لَعْبَةٌ مَرِضَ نَبَعَ هَرَبَ وَلَدَ

يَبِسَ عَيْنٌ سَبْتٌ شَمْسٌ زُبْدَةٌ رَنْد

فَرْحَان مِسْكِين عَطْشَان مُسْتَعْجِبَة

مسلم نصراني مرسى مشمومة يسمين

سلطان صبصاف مشماش فطر ركبة

كرموس بندفة عنقود قرنونش جلبان

بلبل عتروس مهراس سروال مسياسة

قهواجي مقبولجي ترجمان جربوع زبرة

برغوث ثعلب عقرب عجمي سردوك

بقّى خبّ صلّ خلّ طرّد خمّم بدّل

ثقّل خرّب لبّس وسّخ تكلّم تبرّج

غشّش تقطّع تمشّى تدرّف تمنّى

كتابى كتابك كتابه كتابها جمع

كتابنا كتابكم كتابهم حطّاب

عندي عندك عنده عندها عندنا عندكم عندهم

رانِي راكَ راكِ راهُ راهِي رانا راكُمْ راهُمْ
شابِفنِي سمعك فتله ربدها فهمنا جِبْهُمْ
كُنْتُ كُنْتَ كُنْتِ كان كانَتْ كُنّا كُنْتُوا كانوا
نكون تكون تكوني يكون تكون نكون تكونوا يكونوا
كُنْ كوني كونوا كاين هَذا هَذه هذوا
أَنا أَنْتَ أَنْتِ هُوَ هِيَ أَحْنا أَنْتُمْ أَنْتُما هُمْ هُما

واحد زوج ثلاثة أربعة خمسة ستّة سبعة

ثمانية تسعة عشرة ميه ميتين ألف ألفين

نهار الاحد الاثنين الثلاثاء الأربعا الخميس

الجمعة السّبت الصّباح العشيّة في الليل

كمشة نحل خير من شواري ذبّان

لا حول ولا قوّة إلّا بالله العلي العظيم

شَرِبْتُ شَرِبْتَ شَرِبْتِ شَرِبَ شَرِبَتْ

شَرِبْنَا شَرِبْتُمْ شَرِبُوا ۞ خَدَمَ فَدَرَجَهُمْ

نَشْرَبُ تَشْرَبُ تَشْرَبِي يَشْرَبُ تَشْرَبُ

نَشْرَبُوا تَشْرَبُوا يَشْرَبُوا ۞ رَكِبَ لَعِبَ

اُشْرُبْ اُشْرُبِي اُشْرُبُوا ۞ شَارِبٌ ۞ مَشْرُوبٌ

اُطْلُبُوا الْعِلْمَ مِنَ الْمَهْدِ إِلَى اللَّحْدِ ۞

2e PARTIE

NOTIONS DE GRAMMAIRE

1re LEÇON

Ouled	pl.	*oulâd*	enfant *ou* un enfant.
H·ebîb	pl.	*h·ebâb*	ami *ou* un ami.
Kelb	pl.	*kelâb*	chien *ou* un chien.
Djenâne	pl.	*djenaïne*	jardin *ou* un jardin.
Bâb	pl.	*bîbâne*	porte *ou* une porte (1).
Meftâh·	pl.	*mefâtah·*	clef *ou* une clef (1).

On peut, en arabe, ne pas traduire les articles indéterminés *un*, *une*, *des*.

Le, *la*, *les* se rendent en arabe par **el** : le jardin, **el***djenâne*, la porte, **el***bâb*.

'And chez, auprès de *K·eddâm* devant

Chez l'enfant *'and elouled ;* — devant l'ami *k·eddâm elh·ebîb.*

La préposition *de*, placée entre deux substantifs, ne se traduit pas en arabe, et l'on ne met l'article qu'au second s'il y est en français ; exemples : la clef d'une porte *meftâh· bâb ;* — la clef de la porte *meftâh· elbâb.* — Lorsqu'il y a plusieurs substantifs, le dernier prend seul l'article s'il se trouve dans la phrase française ; exemple : la clef de la porte du jardin de l'enfant *meftâh· bâb djenâne elouled.*

---

(1) Un substantif peut être du féminin en français et du masculin en arabe, et réciproquement.

1er EXERCICE

L'enfant. — Devant un enfant. — L'ami. — Devant un ami. — Chez l'ami. — Le chien. — Auprès du chien. — Devant une porte. — Auprès de la porte. — Auprès de la clef. — Le jardin. — La porte. — La clef. — Chez un ami. — Chez un enfant. — Devant l'enfant. — Devant la porte. — Auprès du jardin. — L'ami de l'enfant. — Le chien de l'enfant. — L'enfant de l'ami. — Le chien du jardin. — La porte du jardin. — La clef de l'enfant. — La clef du jardin de l'enfant. — Le chien de l'ami de l'enfant. — Auprès du jardin de l'ami. — Devant la porte d'un jardin. — Les enfants. — Devant les enfants. — Devant des enfants. — Les amis. — Devant des amis. — Chez les amis. — Les chiens. — Auprès des chiens. — Auprès des portes. — Devant des portes. — Auprès des clefs. — Les jardins. — Les portes. — Les clefs. — Chez des amis. — Chez des enfants. — Devant les enfants. — Devant les portes. — Auprès des jardins. — Les amis des enfants. — Les chiens des enfants. — Les enfants des amis. — Les chiens des jardins. — Les portes des jardins. — Les clefs des enfants. — Les clefs des jardins des enfants. — Les chiens des amis des enfants. — Auprès des jardins des amis. — Devant les portes des jardins. — Auprès des chiens des enfants.

2e LEÇON

'Aoud	pl.	*khîl*	cheval.
Ketâb	pl.	*ketoub*	livre.
K·elem	pl.	*k·eloûmat*	plume.
Bît	pl.	*bioût*	chambre *ou* tente.

Djâb il a apporté, il a amené; *djib* apporte, amène; *djîboû* apportez, amenez.

Fi dans, en (suivie de l'article, cette préposition se prononce *fe*).

'Ala sur (suivie de l'article, cette préposition se prononce *'ale*).

Ma'a avec.

Bi avec (cette préposition, suivie de l'article ou d'un substantif, se prononce *be*).

Remarque. — Les deux prépositions *ma'a* et *bi* ont le sens de *avec;* mais la première signifie proprement *en compagnie de;* la seconde marque l'*instrument* avec lequel on fait quelque chose. Ainsi, dans cette phrase : il a écrit avec la plume, *avec* se traduira par **be**; dans celle-ci : le livre est avec la plume sur la table, *avec* se traduira par **ma'a.**

PRONOMS DÉMONSTRATIFS

Hâdâ	celui-ci *ou* ceci	*hâdâk*	celui-là *ou* cela.
Hâdî	celle-ci	*hâdîk*	celle-là.
Hâdoû	ceux-ci	*hâdoûk*	ceux-là.

ADJECTIFS DÉMONSTRATIFS

Ils se rendent à l'aide des mots précédents suivis de l'article; seulement, les premiers se prononcent invariablement *hâd.*

Ce chien	*hâd elkelb*	ou *hâdâk elkelb.*
Cette chambre	*hâd elbît*	ou *hâdîk elbît.*
Ces enfants	*hâd eloulâd*	ou *hâdoûk eloulâd.*

La conjonction *et* se traduit en arabe par *ou :* le livre et la plume, *elketâb ou elk'elem.*

2e EXERCICE

Le cheval. — Ce cheval. — Le livre. — Ce livre. — La plume. — Cette plume. — La chambre. — Cette chambre. — Le cheval de l'ami. — La plume de l'enfant. — La chambre de l'ami. — Il a apporté la plume. — Apporte cette clef. — Apporte la clef de ce jardin. — Amène l'ami de cet enfant. — Amène le cheval. — Apporte le livre dans la chambre. — Avec un enfant. — Avec l'enfant. — Avec cet ami. — Dans ce jardin. — Dans la chambre du jardin. — Sur cette porte. — Sur le livre. — Avec cette plume. — Avec la clef de cette porte. — Les chevaux. — Ces chevaux. —

Les livres. — Ces livres. — Les plumes. — Ces plumes. — Les chambres. — Ces chambres. — Les chevaux des amis. — Les plumes des enfants. — Les chambres des amis. — Ils ont apporté les plumes. — Apportez ces clefs. — Apportez les clefs de ces jardins. — Amenez les amis de ces enfants. — Amenez les chevaux. — Apportez les livres dans les chambres. — Avec des enfants. — Avec les enfants. — Avec ces amis. — Dans ces jardins. — Dans les chambres des jardins. — Sur ces portes. — Sur les livres. — Avec ces plumes. — Avec les clefs de ces portes.

3e LEÇON

Singulier	*'Andî*	j'ai.
	'Andek	tu as *ou* vous avez (1).
	'Andho	il a.
	'Andhâ	elle a.
Pluriel	*'Andnâ*	nous avons.
	'Andkoum	vous avez.
	'Andhoum	ils ont.

Interrogation. — L'interrogation s'exprime en plaçant le mot *chî* après le verbe. Exemple : *Djâb chî* a-t-il apporté ?

Singulier	*'Andî*	*chî*	ai-je ?
	'Andek	*chî*	as-tu ?
	'Andho	*chî*	a-t-il ?
	'Andhâ	*chî*	a-t-elle ?
Pluriel	*'Andnâ*	*chî*	avons-nous ?
	'Andkoum	*chî*	avez-vous ?
	'Andhoum	*chî*	ont-ils ?

Négation. — La négation s'exprime en plaçant *mâ* avant le

(1) Les Arabes emploient toujours le singulier lorsqu'ils ne parlent qu'à une seule personne.

verbe et *chî* (qu'on prononce plutôt *che*) après. Exemple : ***Mâ djâb che*** il n'a pas apporté.

Singulier	*Mâ*	*'andî*	*che*	je n'ai pas.
	Mâ	*'andek*	*che*	tu n'as pas.
	Mâ	*'andho*	*che*	il n'a pas.
	Mâ	*'andhâ*	*che*	elle n'a pas.
Pluriel	*Mâ*	*'andnâ*	*che*	nous n'avons pas.
	Mâ	*'andkoum*	*che*	vous n'avez pas.
	Mâ	*'andhoum*	*che*	ils n'ont pas.

3e EXERCICE

J'ai un enfant. — Tu as un ami. — Il a un chien. — Elle a un jardin. — Nous avons une clef. — Vous avez une porte. — Ils ont un cheval. — Ai-je un livre ? — A-t-elle une plume ? — As-tu une chambre ? — A-t-il des enfants ? — Avons-nous des amis ? — Avez-vous des chiens ? — Ont-ils des jardins ? — Je n'ai pas des portes. — Tu n'a pas des clefs. — Il n'a pas des chevaux. — Elle n'a pas de livres. — Nous n'avons pas de plumes. — Vous n'avez pas de chambres. — Ils n'ont pas d'enfants. — Cet enfant n'a pas de livre. — Ces jardins n'ont pas de portes. — As-tu un chien dans ce jardin ? — Ces chambres ont-elles des portes ? — Ces portes n'ont pas de clefs ? — Avez-vous des livres dans ces chambres ?

4e LEÇON

Radjel	pl. *redjâl*	homme.
Dâr (fém.)	pl. *diâr*	maison.
Zît (masc.)		huile.
Tebene (masc.)		paille.

D'ereb il a frappé ; — *châf* il a vu, *ichoûf* il verra, *chouf* vois.

Lorsque le substantif qui doit être accompagné de l'article commence par une lettre qui se prononce des dents ou de la langue, telle que *t*, *d*, *s*, *z*, *ch*, *r*, *l*, *n* (lettres solaires), on ne prononce plus *l* de l'article, mais on double la première lettre du mot, exemples : **er***radjel* l'homme, **ed***dâr* la maison, **ez***zît* l'huile, **et***teben* la paille, et non **el***radjel*, **el***dâr*, **el***zît*, **el***teben*.

MOTS INTERROGATIFS

Aïne et *Ouaïne*	où.... ?
'And mene	chez qui.... ?
K'eddâm mene	devant qui.... ?
Ma'a mene	avec qui.... ?
Ach	que.... ? quoi.... ?
Ach mene	quel, quelle, quels, etc.... ?
Bâch	avec quoi.... ?
'Alâch	pourquoi.... ?
Fâch	dans quoi.... ?

Remarque. — Lorsque dans une phrase il y a un mot interrogatif, on ne met pas le mot *chî ;* exemple : Qu'a-t-il apporté ? *ach djâb*.

4e EXERCICE

L'homme. — Cet homme. — Ces hommes. — La maison. — Dans ces maisons. — Dans l'huile. — Dans cette huile. — Sur cette paille. — As-tu une maison ? — A-t-il de la paille dans la maison ? — Où avez-vous de la paille ? — L'homme a frappé l'enfant. — L'enfant n'a pas frappé le chien. — Devant qui a-t-il frappé cet enfant ? — Il a vu la maison de l'homme. — Il n'a pas vu les chevaux de ces hommes. — Chez qui cet enfant a-t-il vu le livre ? — Avec qui l'homme a-t-il vu l'enfant ? — Il verra les livres dans la chambre. — Il ne verra pas les chevaux dans le jardin. — Que verra-t-il ? — Qu'a-t-il vu ? — Quels chevaux a-t-il vus ? — Quelle maison verra-t-il ? — Vois ce livre. — Vois la plume de l'enfant. — Quelle plume a-t-il apportée ? — Quels chevaux a-t-il amenés ? — Pourquoi n'a-t-il pas amené les chevaux de ces hommes ? — Pourquoi a-t-il frappé le chien de la maison ? — Avec quoi a-t-il frappé ce chien ? — Avec quoi a-t-il frappé l'ami de ces hommes ? — Dans quoi a-t-il vu l'huile ? — Dans quoi verra-t-il la paille? — Quel homme a vu l'ami de cet enfant? — Où a-t-il vu cet ami? — Quel jardin a-t-il? — Ils ont celui-ci. — L'ami de l'homme a apporté celui-là. — Apportez ceci. — Il n'a pas apporté celle-là. — Vois ceux-ci.

5e LEÇON

PRONOMS AFFIXES

On appelle *pronoms affixes* certaines lettres que l'on peut ajouter à la suite des noms, des prépositions et des verbes. Ces pronoms sont :

Singulier

1re personne		ي	—	**i.**
2e personne		كَ	—	**ek.**
3e pers.	masc.	هُ	—	**ho.**
	fém.	ها	—	**ha.**

Pluriel

1re personne	نا	—	**na.**
2e personne	كُمْ	—	**koum.**
3e personne	هُمْ	—	**houm.**

Lorsque ces pronoms sont joints à des noms, ils correspondent à nos adjectifs possessifs *mon, ton, son*, etc.; *ma, ta, sa*, etc.; *mes, tes, ses*, etc. Exemples :

Singulier	*Ketâb*i	mon livre.
	*Ketâb*ek	ton livre.
	*Ketâb*ho	son livre.
	*Ketâb*ha	son livre (à elle).

Pluriel		
	*Ketâb*na	notre livre.
	*Ketâb*koum	votre livre.
	*Ketâb*houm	leur livre.

*Dâr*i ma maison, *dâr*ek ta maison, etc.; *khîl*i mes chevaux, *khîl*na nos chevaux, etc.

Iâ	ô (pour appeler quelqu'un).
Iâ radjel	ô homme, — homme !
Iâ sîdî	monsieur, — *iâ sîâdî* messieurs.
Ne'am sîdî	oui, monsieur.
Lâ lâ iâ sîdî	non, monsieur.

5e EXERCICE

Mon enfant. — Avec ton enfant. — Chez son enfant. — Devant ton ami. — Avec ton chien. — Dans son jardin. — Devant sa porte. — Avec sa clef. — Dans vos jardins. — Sur nos chevaux. — Devant vos portes. — Sur leurs chambres. — Avec leurs livres. — O mon enfant, as-tu ma clef ? — Non, Monsieur, je n'ai pas votre clef. — Mon ami, as-tu ma plume ? — Oui, Monsieur, nous avons votre plume. — Il n'a pas amené ses chevaux. — Amène le cheval dans ton jardin. — Vois où il a frappé l'enfant. — Il a frappé ton enfant devant le jardin. — Cet homme a vu ton cheval dans cette maison. — Il verra mon ami chez cet homme. — Pourquoi n'as-tu pas ta plume ? — Mes enfants, pourquoi n'avez-vous pas vos livres ? — Monsieur, nous avons nos livres. — Pourquoi vos enfants n'ont-ils pas de plumes ? — Avec qui a-t-il vu ces enfants ? — Non, Monsieur, il n'a pas vu nos enfants avec leurs amis. — Il a vu dans ma maison les chevaux de cet homme et son enfant. — Messieurs, nous n'avons pas vos clefs. — Mes amis, apportez dans la chambre les clefs de vos portes.

6e LEÇON

Mene, de, — *kîf* comme, — *k'ebel* avant, — *ba'd* après, —

foûk' au-dessus de, — *tah't* au-dessous de, sous, — *ourâ* derrière, — *bîne* entre.

Lorsque les pronoms affixes sont joints à une préposition, ils correspondent aux pronoms personnels *moi*, *toi*, *lui*, etc. ; Exemples :

Singulier	*K'eddâm*i	devant *moi.*
	*K'eddâm*ek	devant *toi.*
	*K'eddâm*ho	devant *lui.*
	*K'eddâm*ha	devant *elle.*
Pluriel	*K'eddâm*na	devant *nous.*
	*K'eddâm*koum	devant *vous.*
	*K'eddâm*houm	devant *eux.*

Remarques. — Il suit de là que *andî*, *andek*, etc., que l'on traduit par *j'ai*, *tu as*, etc., signifient proprement *chez moi*, *chez toi*, etc. Ce n'est donc pas un verbe. — La préposition *'alâ*, suivie des pronoms affixes, se prononce *'alî*. Exemple : Sur elle *'alîhâ*.

AUTRES MOTS INTERROGATIFS

Mene aïne	d'où.... ?
Oueк'tâch	quand.... ?
Kîfâch	comment.... ?
Achkoûn	qui.... ?
Fâch mene	dans quel.... ?
Bâch mene	avec quel.... ?

6e EXERCICE

Chez moi. — Devant moi. — De moi. — Comme moi. — Devant toi. — Chez toi. — Dans toi. — Avec toi. — Sur toi. — Avant lui. — Après lui. — Sous lui. — Sur lui. — Derrière elle. — Entre lui et elle. — Derrière nous. — Sous elle. — Après nous. — Avant nous. — Comme vous. — De vous. — Avec vous. — Dans eux. — Chez eux. — Devant eux. — D'où a-t-il apporté la paille ? — Il a apporté cette paille de votre jardin. — Quand a-t-il vu mon ami? — Quand verra-t-il son enfant? — Comment a-t-il vu cela? — Qui a apporté cette huile dans ma chambre? Qui a frappé mon chien? — Qui a vu mon livre dans la chambre de cet homme? — Dans quel jardin a-t-il amené nos chevaux? — Avec quelle clef a-t-il frappé votre ami? — Avant l'homme. — L'homme a frappé l'enfant de son ami. — Non, Monsieur, il ne verra pas la paille derrière la porte.

7e LEÇON

Khoû frère; — *boû* père; — *oumm* mère; — *bâbâ* père *ou* mon père; — *iemmâ* mère *ou* ma mère (ces deux derniers mots ne prennent jamais le pronom affixe de la première personne du masculin singulier).

Remarque. — Lorsque le mot qui doit être accompagné des pronoms affixes est terminé par un son voyelle (A, OU, I), on prononce à la première personne du singulier **ia**, et à la troisième du masculin on fait sentir la lettre **h** sans voyelle. Ex. :

*Ourâ***ia** derrière moi.
*Ourâ***k** derrière toi.
*Ourâ***h** derrière lui.
*Ourâ***ha** derrière elle, etc.

*Boû***ia** mon père, *boû***h** son père; — *fî***ia** dans moi, *fî***h** dans lui.

'Alâ khâter parce que.
H'attâ h'adjat rien (*m. à m.* : jusqu'à une chose).
H'attâ ouâh'ad personne (*m. à m.* : jusqu'à un).

Remarque. — Lorsqu'il y a dans la phrase un mot négatif comme *rien*, *personne*, *aucun*, etc., on ne met pas le mot *chî* de la négation. Exemple : il n'a rien *mâ 'andho h'attâ h'âdjat.*

Pour traduire les mots *aucun, aucune*, on se sert de la préposition *h'attâ* (jusqu'à), suivie d'un substantif. Exemples : aucun homme *h'attâ radjel*; — aucune maison *h'attâ dâr.*

7e EXERCICE

Mon frère. — Devant son frère. — Avec mon père. — Chez son père. — Avant sa mère. — Dans moi. — En lui. — Sur moi. — Sur lui. — Avec moi. — Avec lui. — Pourquoi n'a-t-il pas amené son cheval avec lui ? — Parce qu'il n'a pas un cheval. — Qu'a-t-il ? — Il n'a rien. — Il n'a rien apporté. — Cet homme n'a rien vu. — Aucun homme n'a vu ton enfant. — Personne n'a vu sa mère dans la maison. — Aucun enfant n'a apporté sa plume. — Ton ami ne verra rien. — Nous n'avons aucun cheval parce que nous n'avons pas de jardin. — Mon père et ma mère n'ont aucun chien parce qu'ils n'ont pas de maison. — Mon frère, pourquoi n'as-tu pas de chevaux ? — Parce que je n'ai pas de paille dans ma maison. — Je n'ai rien. — Ma mère n'a rien. — Nos amis n'ont rien derrière eux. — Tu n'as rien sous toi. — Personne n'a vu mon frère. — Personne n'a frappé mon père.

8e LEÇON

K'etel	il a tué.	*Sema'*	il a entendu.
Refed	il a porté.	*Fehem*	il a compris.
'Aref	il a su, *ou* connu, *ou* reconnu.	*Djerah*	il a blessé.
		T'erred	il a chassé.

Lorsque les pronoms affixes sont joints à un verbe, ils correspondent aux pronoms personnels *me*, *te*, *le*, etc. — A la première personne du masculin singulier, on dit **ni**.

Singulier	*Ichoûf***ni**	il *me* verra.
	*Ichoûf***ek**	il *te* verra.
	*Ichoûf***ho**	il *le* verra.
	*Ichoûf***ha**	il *la* verra.
Pluriel	*Ichoûf***na**	il *nous* verra.
	*Ichoûf***koum**	il *vous* verra.
	*Ichoûf***houm**	il *les* verra.

*D'ereb***ni**	il *m'*a frappé.
Djerah' **houm**	il *les* a blessés.
Refed **ha** *chî*	*l'*a-t-il portée ?
Ma fehem **koum** *che*	il ne *vous* a pas compris.

8e EXERCICE

Il m'a frappé. — Il t'a porté. — Il l'a apporté. — Il l'a tuée. — Il nous a connus. — Il vous a entendus. — Il les a compris. — Il l'a comprise. — Il l'a vue. — L'a-t-il apporté ? — Les a-t-il apportés ? — Apporte-le. — Apportez-la. — Qui t'a frappé ? — Cet enfant m'a frappé. — Quand les a-t-il frappés ? — Comment vous a-t-il frappés ? — Quel homme les a tués ? — Avec quelle clef les a-t-il tués ? — M'a-t-il vu ? — Il ne vous a pas vus. — Personne ne t'a vu. — Personne ne l'a vue chez cet homme. — Il les a tués dans cette maison. — Il m'a porté. — Il ne m'a pas porté. — Qui vous a portés ? — Il les a portés sur ses chevaux. — Pourquoi ne vous a-t-il pas portés ? — Il ne vous a pas amenés parce qu'il ne vous a pas vus. — D'où les a-t-il amenés ? — Quand vous a-t-il reconnus ? — Pourquoi ne l'a-t-il pas reconnue ? — Chez qui l'a-t-il entendu ? — Quel homme les a entendus ? — Comment vous a-t-il reconnus ? — Qui nous a entendus ? — Dans quelle chambre l'a-t-il entendue ? — M'a-t-il compris ? — O homme, ton frère nous a-t-il compris ? — Non, mon ami, il ne t'a pas compris. — Oui, monsieur, il vous a compris. — Mon ami ne l'a pas comprise. — Mon frère m'a blessé. — Comment t'a-t-il blessé ? — Où vous a-t-il blessés ? — Quand les a-t-il blessés ? — Pourquoi t'a-t-il blessé ? — Il m'a blessé parce qu'il ne m'a pas reconnu. — Il nous a chassés parce qu'il ne nous a pas reconnus. — Il vous a chassés parce que personne ne vous a reconnus. — Les a-t-il chassés de sa maison ? — Mon enfant, pourquoi t'a-t-il chassée de chez lui ? — Il l'a chassée du jardin parce qu'il l'a vue avec cet homme.

9e LEÇON

Kebîr grand, pl. *kebâr*.	*Melîh'* bon, pl. *melâh'*.
S'er'îr petit, pl. *s'er'âr*.	*Djedîd* neuf, nouveau, pl. *jedâd*.

DU FÉMININ

Pour former le féminin on ajoute presque toujours la terminaison A ou AT au masculin; exemples : *Kelb***at** chienne ; — *'Aoud***at** jument ; — *Kebîr***at** grande ; — *Djedîd***at** neuve.

Sont du genre féminin :

1° Presque tous les mots terminés par le son A ; exemples : *Merat* femme ; — *Mekah'lat* fusil, etc. ;

2° Les noms qui indiquent un être de ce sexe ; exemples : *Oumm* mère ; — *Oukht* sœur ; — *Bent* fille, etc. ;

3° Les noms qui indiquent une partie double du corps ; exemples : *Redjel* pied ; — *Ied* main ; — *'Aïne* œil, etc. ;

4° Quelques noms que l'usage a faits de ce genre ; exemples : *'Ard'* terre ; — *Dâr* maison ; — *Belad* ville, etc. ;

5° La plupart des noms de pays, de villes, etc. ; exemple : *Ouahrâne* Oran.

Nesâ	femmes.
Mekâh'el	fusils.
Khouâtâte	sœurs.
Benâte	filles.
'Euioun	yeux.
Beldâne	villes.

9e EXERCICE

Grande. — Petite. — Bonne. — Neuve. — Neufs. — Vois cette chienne. — Vois la jument. — Amène cette jument. — Vois cette femme. — Il a porté le fusil. — Quand l'a-t-il porté ? — A-t-il amené ma sœur ? — Il ne l'a pas amenée. — Verra-t-il ta sœur ? — Il la verra dans cette ville. — Il ne la verra pas chez cette femme. — Amenez cette fille. — Amenez-la dans ma chambre. — Il a frappé sa sœur sur le pied (sur son pied) (1). — Il a frappé ces femmes dans la main (leur main). — Vous a-t-il blessé avec ce fusil ? — Avec

(1) Les mots mis entre parenthèses indiquent la tournure arabe.

quel fusil l'a-t-il blessé ? — Où vous a-t-il blessés ? — Il nous a blessés dans l'œil (dans notre œil). — Quand cet homme a-t-il tué ces femmes ? — Il les a tuées dans la ville. — Dans quelle ville nous a-t-il vus ? — Il nous a vus dans la ville d'Oran. — De quelle ville ton ami a-t-il apporté cette huile ?

10e LEÇON

Merîd· pl. *merâd·* malade.
***K**·es·îr* pl. *k·es·âr* court.
T·ouîl pl. *t·ouâl* long.
Dz·erîf pl. *dz·erâf* poli, gentil.
Ferh·âne pl. *ferh·anîne* content.
'Aïâne pl. *'aïânîne* fatigué.

VERBE **être** AU PRÉSENT DE L'INDICATIF

Le verbe *être*, au présent de l'indicatif, s'exprime à l'aide du mot *râ*, que l'on accompagne des pronoms affixes :

Singulier	*Râ***ni**	je suis.
	*Râ***k**	tu es.
	*Râ***ki**	tu es (fém.).
	*Râ***ho** ou *râ***h**	il est.
	*Râ***ha** ou *râ***hi**	elle est.
Pluriel	*Râ***na**	nous sommes.
	*Râ***koum**	vous êtes.
	*Râ***houm**	ils sont.

Râni chî	suis-je... ?
Râk chî	es-tu... ? etc.
Mâ rânî che	je ne suis pas.
Mâ rak che	tu n'es pas.
Mâ râhî che	elle n'est pas, etc.
Rânî ferh·âne	je suis content.
Rânî ferh·ânat	je suis contente.
Râhoum ferh·ânîne	ils sont contents.
Mâ râhî che kebîrat	elle n'est pas grande.

10e EXERCICE

Longue. — Courte. — Polie. — Contente. — Fatiguée. — Je suis long. — Tu es court. — Tu es grande. — Il est poli. — Elle est malade. — Nous sommes petits. — Vous êtes bons. — Ils sont contents. — Suis-je fatigué ? — Es-tu poli ? — Es-tu bonne ? — Est-il neuf ? — Est-elle grande ? — Sommes-nous petits ? — Êtes-vous longs. — Sont-ils contents ? — Je ne suis pas fatigué. — Tu n'es pas malade. — Tu n'es pas contente. — Il n'est pas bon. — Elle n'est pas neuve. — Nous ne sommes pas longs. — Vous n'êtes pas polis. — Ils ne sont pas courts. — Mon frère n'est pas content. — Je ne suis pas contente parce que mon père est malade. — Mon ami, pourquoi n'es-tu pas content ? — Tu n'es pas contente parce que ta sœur est malade. — Ces femmes ne sont pas contentes parce que leurs enfants ne sont pas polis. — Nous ne sommes pas contents parce que nos fusils ne sont pas neufs. — Ces chevaux ne sont pas bons parce qu'ils sont petits. — L'enfant de la sœur de cette femme n'est pas poli. — Cette terre n'est pas bonne. — Aucune femme n'est polie dans cette ville. — A Oran les maisons sont grandes. — La sœur de cet homme est polie, mais son enfant n'est pas bon. — Le cheval de cet homme est fatigué parce qu'il a apporté de la paille de la ville. — Ce fusil est court et celui-ci est long.

11e LEÇON

ACCORD DE L'ADJECTIF AVEC LE SUBSTANTIF

1° L'adjectif se place toujours *après* le substantif ;

2° Il s'accorde avec lui en genre et en nombre ;

3° Si le substantif auquel il se rapporte est *déterminé*, l'adjectif prend l'article en arabe.

Exemples : 1° Un homme bon *râdjel melîh·* ; — un livre neuf *ketâb djedîd* ; — un petit enfant *ouled s·er'îr*.

2° Une grande maison *dâr kebîra* ; — un long fusil *mekah·la t·ouîla* ; — des enfants polis *oulâd dz·erâf*.

3° La petite ville (on dit en arabe : la ville *la* petite) *elbelad es's'er'îra;* — ma petite sœur (ma sœur *la* petite) *oukhtî es's'er'îra;* — ces grands jardins (ces jardins *les* grands) *hâd eldjenâïne elkebâr.*

Remarque. — Un mot arabe est déterminé : 1° lorsqu'il est précédé de l'article; 2° lorsqu'il est accompagné d'un pronom affixe ; 3° lorsqu'il a un complément.

Lorsqu'un mot terminé par un ة, c'est-à-dire par *at*, est suivi d'un complément, on fait sentir le *t* dans la prononciation ; exemple : la chienne de l'homme *kelbat erradjel.*

Lorsqu'un mot terminé par un ة doit être accompagné des pronoms affixes, le ة se prononce et s'écrit comme un *t* ordinaire ; seulement, au lieu de dire *at*, on dit *et ;* exemples : ma chienne *kelbetî*, ta chienne, *kelbetek*, etc.

Le mot *merat* femme, suivi d'un complément ou des pronoms affixes, se prononce *mert ;* exemples : ma femme *mertî*, sa femme *mertho*, votre femme *mertekoum*.

11e EXERCICE

Un bon ami. — Un grand jardin. — Une petite porte. — De petites clefs. — Le grand cheval. — Les petits chevaux. — Cette bonne plume. — Dans ta petite chambre. — Ma maison neuve. — Sur notre maison neuve. — Il les a vus dans ce petit jardin. — Il a entendu votre petite fille. — Votre petite chienne est avec votre frère. — Cette petite jument n'est pas malade. — Le fusil court est chez votre mère. — Votre femme est avec le petit enfant à (dans) la ville. — La petite chienne de votre sœur est dans cette chambre. — La femme de cet homme a un grand jardin dans cette ville. — Son grand fusil est dans la chambre de sa petite sœur. — Votre femme est-elle contente ? — Pourquoi la femme de ton frère n'est-elle pas contente ? — Notre petite sœur est fatiguée ? — D'où a-t-il apporté ce petit chien ? — Apporte un bon livre de la ville.

12e LEÇON

Berdâne	qui a froid.	*'At·châne*	qui a soif.
Na'sâne	qui a sommeil.	*Djî'âne*	qui a faim.

Ces quatre mots arabes sont des adjectifs. Pour former leur pluriel il faut ajouter *îne* au singulier.

Quelquefois le verbe *avoir* suivi d'un substantif peut se rendre en arabe par le verbe *être* suivi d'un adjectif. J'ai faim se dira en arabe je suis affamé *rânî djî'âne;* — j'ai sommeil *rânî na'sâne;* — j'ai froid *rânî berdâne;* — j'ai soif *rânî 'at·châne.*

Souvent le verbe *être* ne s'exprime pas en arabe, surtout aux troisièmes personnes; exemples : cet homme est malade *hâderradjel merîd;* — ces chevaux sont grands *hâdelkhîl kebâr;* — cette femme n'est pas bonne *hâdelmerat mâ chî melîh·a.*

Le mot *râ* du verbe *être* se supprime très souvent avec la négation; ainsi, l'on dit :

Mâ·nî chî	je ne suis pas.
Mâk chî	tu n'es pas.
Mâ·ho chî	il n'est pas.
Mâ hî chî, etc.	elle n'est pas, etc.

T·efel	pl.	*t·efâl*	garçon.
Khedîm	pl.	*khouddâm*	serviteur.
Chîkh	pl.	*chioûkh*	vieillard, maître.
Djâr	pl.	*djîrâne*	voisin.

12e EXERCICE

J'ai faim. — As-tu faim ? — A-t-elle faim ? — Il n'a pas faim. — Pourquoi n'avez-vous pas faim ? — Quels hommes ont faim ? — Messieurs, avez-vous faim ? — Nous n'avons pas faim. — Nous avons soif. — Elle a soif. — Mon ami, as-tu soif ? — Ton ami a-t-il soif ? — Elle a sommeil. — Nous avons sommeil. — Je n'ai pas sommeil parce que j'ai froid. — Ces enfants n'ont pas faim parce qu'ils ont froid. — Vous avez sommeil parce que vous êtes fatigués. — Je ne suis pas content parce que ma petite fille a faim et est fatiguée. — Ces garçons ne sont pas contents parce qu'ils ont soif. — Notre voisin est malade. — Nos voisins n'ont pas sommeil. — Ces serviteurs sont fatigués et ont sommeil. — Vos serviteurs n'ont pas faim parce qu'ils ont froid. — Ces maîtres ne sont pas contents parce que les enfants ne sont pas polis. — Ta voisine a faim et soif. — Les maîtres ont dans leurs grandes chambres des livres et des plumes.

13e LEÇON

QUELQUES NOMS DE MÉTIERS

Khebbâz	boulanger.	*Neddjâr*	menuisier.
Djezzâr	boucher.	*H'eddâd*	forgeron.
Bouâb	portier.	*Kheïât'*	tailleur.

Pour former le pluriel de ces mots, il suffit d'ajouter *îne* au singulier.

IMPARFAIT ET PASSÉ DU VERBE **être**

Singulier	*Kount*	j'étais *ou* j'ai été.
	Kount	tu étais *ou* tu as été.
	Kounti	tu étais (fém.) *ou* tu as été (fém.).
	Kâne	il était *ou* il a été.
	Kânet	elle était *ou* elle a été.
Pluriel	*Kounnâ*	nous étions *ou* nous avons été.
	Kountoû	vous étiez *ou* vous avez été.
	Kânoû	ils étaient *ou* ils ont été.

Ellî	celui qui, celle qui, ceux qui, etc.
Erradjel ellî kâne merîd'	l'homme qui était malade.
Elmera ellî kânet 'andi	la femme qui était chez moi.
Elkhîl ellî kânoû feldjenâne	les chevaux qui étaient dans le jardin.

13e EXERCICE

J'étais dans sa maison. — Étais-tu dans ma chambre ? — Ma fille, avec qui étais-tu dans le jardin ? — Cet homme était-il avec elle ? — Il n'était pas avec nous. — Nous n'étions pas avec lui. — Elle était chez sa mère. — Vous étiez chez vos voisins. — Vos voisins n'étaient pas dans leurs chambres. — Les maîtres n'étaient pas contents. — Vos serviteurs avaient faim. — Avais-tu soif ? — Ma mère, avais-tu sommeil ? — Je n'avais pas sommeil, j'étais très fatiguée et j'avais froid. — J'étais boulanger à (dans) Oran. — Nos voisins n'étaient pas boulangers dans cette ville. — Étais-tu boucher dans cette petite ville ? — Le serviteur de cette femme était portier dans cette maison. — La femme de ce vieillard était tailleuse chez ma mère. — Nous étions menuisiers. — Les forgerons étaient avec nos serviteurs dans notre grand jardin. — Il a vu les menuisiers et les forgerons chez vos amis. — Le tailleur était avec ses garçons chez le portier. — Le boulanger qui était chez toi *est* (1) mon frère. — Les forgerons qui étaient chez nos amis (sont) malades. — La fille qui était avec nos voisins *est* ma sœur. — Le serviteur qui est dans la chambre du tailleur *est* le frère du menuisier.

14e LEÇON

AUTRES NOMS DE MÉTIERS

K'ahouâdjî	cafetier.	*Sekâkerî*	épicier.
Mak'fouldjî	cordonnier.	*Berâmelî*	tonnelier.

Le pluriel de ces mots se forme en ajoutant un ة, c'est-à-dire **a** au singulier : *k'ahouadjia* des cafetiers.

FUTUR DU VERBE **être**

Singulier	*Nekoûn*	je serai.
	Tekoûn	tu seras.
	Tekoûnî	tu seras (fém.).
	Ikoûn	il sera.
	Tekoûn	elle sera.

(1) Les mots soulignés ne doivent pas être traduits.

Pluriel	*Nekoûnoû*	nous serons.
	Tekoûnoû	vous serez.
	Ikoûnoû	ils seront.

IMPÉRATIF

Koun	sois (homme).
Koûnî	sois (femme).
Koûnoû	soyez.

PARTICIPE PRÉSENT

Kâine	étant (masc.).
Kâina	étant (fém.).
Kâinîne	étant (plur.).

Remarque. — Le mot *kâne* traduit aussi l'expression *il y a*. Il en est de même du participe présent *kâine*, qui s'emploie le plus souvent pour répondre à une demande et qui signifie plutôt *il y en a*.

14e EXERCICE

Je serai cafetier. — Tu seras cordonnier. — Tu ne seras pas épicier. — Il sera tonnelier. — Nous serons cafetiers. — Mes enfants, vous serez cordonniers. — Ils seront épiciers. — Les cafetiers sont polis. — Les cordonniers étaient fatigués. — Les tonneliers étaient contents parce qu'ils n'avaient pas froid. — Nous aurons faim. — Aurez-vous sommeil ? — Les boulangers n'auront pas soif. — Ces femmes auront froid. — Les tailleurs auront-ils soif ? — La voisine de cette tailleuse n'aura pas froid. — Sois bon. — Sois bonne. — Sois contente. — Soyez polis. — Ma fille, sois polie. — Sois à la maison avant ton père. — Les forgerons seront devant la porte de votre maison avant vous. — Les cafetiers ne seront pas dans leurs chambres. — Où seront-ils ? — Chez qui serez-vous ? — Dans quel jardin sera-t-elle ? — Avec quel serviteur serons-nous ? — Où a-t-il vu les femmes qui seront avec nous ? — Les cafetiers qui sont dans ces villes, où étaient-ils ? — Y a-t-il des femmes dans le jardin ? — Y a-t-il des chiens dans votre maison ? — Il n'y *en* a pas.

15e LEÇON

PRONOMS PERSONNELS ISOLÉS

Singulier

1re pers.		*Anâ* ou *anâia*	moi.
2e pers.	M.	*Enta* ou *entaia*	toi.
	F.	*Enti* ou *entina*	toi.
3e pers.	M.	*Houa*	lui.
	F.	*Hia*	elle.

Pluriel

1re pers.	*Ah·nâ*	nous.
2e pers.	*Entoum* ou *entoumâ*	vous.
3e pers.	*Houm* ou *houmâ*	eux.

REMARQUE. — Ces pronoms ne doivent jamais être employés avec une préposition. Ils sont toujours sujets.

Achkoûn houa erradjel ellî	quel est l'homme qui... ?
Achkoûn hia elbent ellî	quelle est la fille qui... ?
Achkoûn houmâ erredjâl ellî	quels sont les hommes qui...?

Hâdâ houa	ou *hâ ho*	le voici.
Hâdî hia	ou *hâ hî*	la voici.
Hâdoû houmâ	ou *hâ houm*	les voici.

Hâdâ houa erradjel ellî	voici l'homme qui...
Hâdî hia elmera ellî	voici la femme qui...
Hâdoû houmâ elkhîl ellî	voici les chevaux qui...

Fâs (m.)	pl. *fîsâne*	pioche.	*Ber'el*	pl. *ber'âl*	mulet.
Kâs	pl. *kîsâne*	verre.	*Kebch*	pl. *kebâch*	mouton.
Met·rek·	pl. *met·ârek·*	bâton.	*Ma'za*	pl. *me'îz*	chèvre.
Mer'erfat	pl. *mer'âref*	cuiller.	*Sîf*	pl. *sioûf*	sabre.

15e EXERCICE

Quel est l'homme qui a frappé mon enfant? — Quel est l'enfant qui a frappé ma sœur? — Quelle est la fille qui est avec ma mère? — Quelle est la femme qui était chez le tailleur? — Quels sont les hommes qui étaient devant vous? — Quels sont les serviteurs qui seront chez les vieillards? — Voici le boulanger qui était chez vous. — Voici le tonnelier qui a connu mon frère. — Voici le cordonnier qui a chassé votre serviteur. — Voici le fusil qui était dans la chambre de l'épicier. — Voici la ville d'Oran. — Voici les femmes qui sont malades. — Voici les chevaux qui sont fatigués. — Voici les garçons qui sont polis. — Où est ma pioche? — La voici. — Où est sa cuiller? — La voici. — Où sont vos chèvres? — Les voici. — Vos bâtons et vos sabres, où sont-ils? — Les voici. — Voici vos verres et vos cuillers. — Voici vos moutons et vos chèvres.

16e LEÇON

Khobz	pain.	*Sekker*	sucre.
Leh'am	viande (masc.).	*H'echîch*	herbe (masc.).
Cherâb	vin.	*H'et'eb*	bois.
H'elîb	lait.	*Feh'em*	charbon.
Mâ	eau (masc.).	*Melh'*	sel.
K'ahouat	café (fém.).	*Djebene*	fromage.

IMPARFAIT DU VERBE avoir

			mot à mot.
Kâne	*'andî*	j'avais	(était à moi).
Kâne	*'andek*	tu avais	(était à toi).
Kâne	*'andho*	il avait	(était à lui).
Kâne	*'andhâ*	elle avait	(était à elle).
Kâne	*'andnâ*	nous avions	(était à nous).
Kâne	*'andkoum*	vous aviez	(était à vous).
Kâne	*'andhoum*	ils avaient	(était à eux).

FUTUR DU VERBE avoir

			mot à mot.
Ikoûn	*'andî*	j'aurai	(sera à moi).
Ikoûn	*'andek*	tu auras	(sera à toi).
Ikoûn	*'andho*	il aura	(sera à lui).
Ikoûn	*'andhâ*	elle aura	(sera à elle).
Ikoûn	*'andnâ*	nous aurons	(sera à nous).
Ikoûn	*'andkoum*	vous aurez	(sera à vous).
Ikoûn	*'andhoum*	ils auront	(sera à eux).

REMARQUE. — On voit que pour traduire le verbe *avoir* à l'imparfait et au futur, on se sert du verbe *être* à l'imparfait et au futur, suivi de *'andî*, *'andek*, etc. Ainsi cette phrase : *J'avais du pain* se traduira en arabe par « était à moi du pain » *kâne 'ândî elkhobz*. Le mot qui était complément en français est sujet en arabe. Si le mot qui devient sujet en arabe est du genre féminin, on pourra dire *kânet 'andî*, *tekoûn 'andî;* s'il est du pluriel, on pourra dire *kânoû 'andî*, *ikoûnoû 'andî*. Exemples : J'avais un fusil *kânet 'andî mekah'lat ;* — j'avais des chevaux *kânoû 'andî khîl ;* — j'aurai une chèvre *tekoûn 'andî ma'za ;* — j'aurai des chiens *ikoûnoû 'andî kelâb*.

16e EXERCICE

J'avais du pain. — Avais-tu de la viande ? — Il n'avait pas de vin. — Nous avions du lait. — Aviez-vous de l'eau ? — Ils n'avaient pas de café. — Elle n'avait pas de sucre. — Avais-tu de l'herbe ? — Aviez-vous du bois ? — Vous n'aviez pas de charbon. — Nous n'avions pas de sel. — Elle n'avait pas de fromage. — Quel est l'enfant qui n'avait pas de café ? — Quels sont les chevaux qui n'avaient pas de paille ? — Les voici. — Quelle est la chèvre qui n'avait pas d'herbe ? — Les moutons qui étaient dans ce jardin avaient-ils de la paille ? — Les garçons et les filles qui étaient dans ces chambres avaient-ils de la viande, du pain et du fromage ? — Ils n'avaient pas de sel. — Quels sont les serviteurs qui n'avaient pas de cuillers ? — J'aurai du pain. — Je n'aurai pas un fusil. — J'aurai froid. — Tu auras une mule et une jument. — Auras-tu faim ? — Le cafetier aura des cuillers ? — Il aura soif. — Vous aurez du bois et du charbon. — Vous n'aurez rien. — Aucun serviteur n'aura de café. — Nous aurons les chevaux et les mulets qui étaient dans vos jardins. — Ils n'auront pas nos fusils et nos sabres.

17e LEÇON

واحد	*ouâh'ad*	un	١	1.
زوج	*zoûdj*	deux	٢	2.
ثلاثة	*tselâtsa*	trois	٣	3.
أربعة	*arbe'a*	quatre	٤	4.
خمسة	*khemsa*	cinq	٥	5.
ستّة	*setta*	six	٦	6.
سبعة	*seb'a*	sept	٧	7.
ثمانية	*tsemânia*	huit	٨	8.
تسعة	*tes'a*	neuf	٩	9.
عشرة	*'achra*	dix	١٠	10.

Remarque. — Les noms de nombres finissant en **a** perdent cette terminaison lorsqu'ils sont suivis d'un substantif.

متاع *metâ'* ustensile, objet. — Ce mot s'emploie en Algérie dans le sens de la préposition *de*, placée entre deux substantifs ; il indique la possession, la propriété. Exemples : Le fusil de mon frère *elmekah'lat metâ' khoûïa ;* la clef de la porte *elmeftâh' metâ' elbâb.* — A qui est, à qui appartient ce cheval ? *metâ' mene hâd el'aoud.* — Les moutons et les chèvres de notre voisin *elkebâch ou elme'îz metâ' djârnâ.*

Pour traduire les pronoms possessifs *le mien, la mienne, les miens,* on répète en arabe le substantif, ou l'on se sert de l'un des mots *metâ'* ou *diâl,* suivi des pronoms affixes; exemples : Ce verre est le mien *hâd elkâs kâçî* ou *hâd elkâs metâ'î* ou *hâd elkâs diâlî;* — cette chèvre est la mienne *hâd elma'zat ma'zetî* ou *hâd elma'zat metâ'î* ou *hâd elma'zat diâlî;* — ces moutons sont les miens *hâd elkebâch kebâchî* ou *hâd elkebâch metâ'î* ou *hâd elkebâch diâlî.*

La préposition *à* se traduit par *le* : à la ville *lelbelad,* à l'homme *lerradjel.* Cette préposition, accompagnée des pronoms affixes, fait : *lî* à moi, *lek* à toi, *lho* à lui, *lehâ* à elle, etc. Il m'a apporté *djâb lî;* apporte-moi *djib lî;* apporte-leur *djib lehoum.*

Les articles indéfinis *un, une* peuvent se rendre par le mot واحد *ouâh'ad* suivi de l'article : un enfant *ouâh'ad elouled;* une femme *ouâh'ad elmerat.*

L'adjectif *seul* se rend en arabe par le mot وَحْد *ouah'd,* que l'on fait suivre des pronoms affixes :

Rânî	*ouah'dî*	je suis seul.
Râk	*ouah'dek*	tu es seul.
Râki	*ouah'dek*	tu es seule.
Râh	*ouah'dho*	il est seul.
Râhî	*ouah'dehâ*	elle est seule.
Rânâ	*ouah'denâ*	nous sommes seuls.
Râkoum	*ouah'dekoum*	vous êtes seuls.
Râhoum	*ouah'dehoum*	ils sont seuls.

L'adjectif *autre* se traduit au masculin par آخر *âkher,* au féminin par أُخْرَى *oukhrâ;* au pluriel, pour les deux genres, par أُخْرِين *oukhrîne.* — Un autre homme *radjel âkher;* une autre femme *merat oukhrâ;* d'autres maisons *diâr oukhrîne;* l'autre homme *erradjel elâkher;* les autres chiens *elkelâb eloukhrîne;* mon autre livre *ketâbî elâkher.*

17e EXERCICE

Deux hommes. — Trois enfants. — Quatre filles. — Cinq femmes. — Six chevaux. — Sept mulets. — Huit moutons. — Neuf chèvres. — Dix maisons. — Trois cuillers. — Six chambres. — Cinq fusils. — Sept sabres. — Deux portes. — Quatre verres. — Huit pioches. — Dix chiens. — Neuf villes. — Combien de chevaux *(k'eddâch men)* as-tu ? — J'*en* ai quatre. — J'*en* ai sept. — Il *en* a trois. — Nous *en* avons six. — Combien de livres ont-ils ? — Ils *en* ont neuf. — Elle *en* a cinq. — Où est le pain du serviteur ? — Le voici. — Où sont les livres et les plumes de nos enfants ? — Les voici. — Apporte-moi du jardin de l'herbe et de la paille. — Apporte-moi un café. — Apporte-moi une petite cuiller. — Apportez-moi du sucre et du lait. — Apporte-lui du pain et de la viande. — Apporte-nous la clef de la chambre. — Apporte-leur un verre de lait. — Apportez à cette femme de la bonne huile. — Amenez les chevaux et les mulets de ces serviteurs devant les portes de leurs maisons. — Apportez-moi un autre fusil : celui-ci n'était pas bon. — Les fusils de vos serviteurs n'étaient pas bons. — Vous a-t-il apporté un verre de café avec du sucre ? — Il ne leur a pas apporté de l'eau et du vin. — Ce verre est le mien. — Cette cuiller est la tienne. — Ces chevaux sont les nôtres. — Votre père est seul dans la chambre. — Votre mère n'était pas seule chez son amie. — Étiez-vous seuls dans votre jardin ? — Nous n'étions pas seuls, nous étions avec notre petite sœur. — Votre ami a-t-il une autre fille ? — Il a d'autres enfants. — Nous n'avons pas un autre fusil. — Apporte-lui l'autre cuiller.

18e LEÇON

احداش	*h'edâch*	١١	11.
اثناش	*tsenâch*	١٢	12.
ثلثاش	*tseltâch*	١٣	13.
اربعتاش	*arbe'atâch*	١٤	14.

خمستاش	*khemstâch*	١٥	15.
ستّاش	*settâch*	١٦	16.
سبعتاش	*seb'atâch*	١٧	17.
ثمنتاش	*tsementâch*	١٨	18.
تسعتاش	*tes'atâch*	١٩	19.

Remarque. — Lorsque ces mots sont suivis d'un substantif, on les prononce comme s'ils étaient terminés par *ene : hedachene*, *settachene*, etc.

يوم *ioum*, pl. أيّام *aïâm* jour.

كُلّ *koul* tout, chaque.

كُلّ يوم	*koul ioum*	chaque jour, tous les jours.
كُلّ واحد	*koul ouâh·ad*	chacun.
كُلّ واحدة	*koul ouâh·da*	chacune.
آلرّجال آلكُلّ	*erredjâl elkoul*	tous les hommes.

Pour traduire les expressions *celui*, *celle*, *ceux*, etc., on répète le substantif; exemple : As-tu mon couteau ou celui de mon frère? *andek chi moûsi ouaillâ moûs khoûia.*

Pour traduire le pronom *le* avec le verbe *être*, on répète l'adjectif; exemple : Sont-ils contents? Ils le sont; — *râhoum chi ferhânîne* — *râhoum ferhânîne.*

Pour traduire les pronoms *le*, *les*, accompagnant le verbe *avoir*, on répète le substantif ou l'on tourne par le verbe *être*; exemple : Avez-vous mon fusil et mon pistolet? Je ne les ai pas; — *'andek chi mekah·elti ou kâboûsi* — *ma 'andî che mekah·eltek ou kâboûsek* ou bien *mâ râhoum che 'andî* (ils ne sont pas chez moi).

Pour traduire les expressions *ni l'un ni l'autre, ni l'une ni l'autre, ni les uns ni les autres*, on dit en arabe *ni celui-ci ni celui-là, ni celle-ci ni celle-là, ni ceux-ci ni ceux-là ;* exemple : Je n'ai ni l'un ni l'autre, ni l'une ni l'autre, ni les uns ni les autres, *mâ andî lâ hâdâ lâ hâdâk, lâ hâdî lâ hâdîk, lâ hâdoû lâ hâdoûk*.

18e EXERCICE

Quelle herbe a le cheval? — Il a celle de votre jardin. — Ont-ils mon livre ou le tien? — Ils n'ont ni l'un ni l'autre ; ils ont celui de notre sœur. — Mon frère a-t-il sa mule ou celle de son voisin? — Il n'a ni l'une ni l'autre ; il a celle de notre serviteur. — Les épiciers ont-ils nos verres ou ceux de nos amis? — Ils n'ont ni les uns ni les autres; ils ont ceux des boulangers. — Il a le sien. — J'ai la leur. — A-t-elle ma cuiller ou celle de sa voisine? — Elle a la sienne. — Sont-ils grands ou petits? — Ils ne sont ni grands ni petits; ils sont longs. — Avais-tu mon mulet ou le sien? — Je n'avais ni le tien ni le sien; j'avais celui du cafetier. — Le cafetier aura-t-il mes cuillers ou celles de ces vieillards? — Il n'aura ni les unes ni les autres; il aura celles des portiers. — Les autres garçons sont-ils chez le tailleur ou chez le menuisier? — Ils ne sont ni chez l'un ni chez l'autre; ils sont chez les cordonniers. — Mon frère t'a-t-il amené sa mule ou sa jument? — Il ne m'a amené ni l'une ni l'autre. — Il ne lui a apporté ni son lait ni son café. — Amenez-moi la fille de mon voisin ou celle de votre serviteur. — Amenez-leur les chevaux de vos amis ou ceux des tonneliers. — Les épiciers sont-ils contents? — Ils le sont. — Ta mère est-elle contente? — Elle l'est. — Votre voisine est-elle polie? — Elle l'est. — Elle ne l'est pas.

19e LEÇON

مرّة pl. مرّات *merra* pl. *merrâte* fois.

ليلة pl. ليالي *lîla* pl. *leïâlî* nuit.

شهر pl. شهور	*cheher* pl. *chehoûr*	mois.
عام pl. أعوام	*'ame* pl. *a'ouâme*	an, année.
سنة pl. سنين	*sena* pl. *senine*	an, année.
ساعة pl. سوايع	*sa'a* pl. *souâia'*	heure, montre, [pendule.
جمعة pl. جمعات	*djem'a* pl. *djem'âte*	semaine.

Outre le singulier et le pluriel, les Arabes ont un nombre intermédiaire que l'on appelle *duel.* — Le duel se forme en ajoutant *îne* ou mieux *aïne* au singulier. Il désigne toujours deux personnes ou deux choses. On ne l'emploie, dans l'arabe parlé, que pour les parties doubles du corps et dans certaines expressions, telles que : deux jours *ioumîne*, deux fois *merretîne*, deux heures *sa'etîne*, etc.

عشرين	*'achrîne*	vingt	٢٠	20.
ثلاثين	*tselâtsîne*	trente	٣٠	30.
أربعين	*arb'eîne*	quarante	٤٠	40.
خمسين	*khemsîne*	cinquante	٥٠	50.
ستين	*settîne*	soixante	٦٠	60.
سبعين	*seb'îne*	soixante-dix	٧٠	70.
ثمانين	*tsemâniine*	quatre-vingts	٨٠	80.
تسعين	*tes'îne*	quatre-vingt-dix	٩٠	90.

Pour compter d'une dizaine à l'autre, on met le nom de l'unité avant celui de la dizaine ; ainsi l'on dit 1 et 20, 2 et 20, 3 et 20, etc. Dans ce cas, le nombre 2 se traduit par آثنين *tsenîne*.

21 *ouâh'ad ou 'achrîne.*

22 *tsenîne ou 'achrîne.*

23 *tselâtsâ ou 'achrîne.*

24 *arbe'a ou 'achrîne.*

25 *khemsa ou 'achrîne.*

26 *setta ou 'achrîne.*

27 *seb'a ou 'achrîne.*

28 *tsemenia ou 'achrîne.*

29 *tes'a ou 'achrîne.*

Règles. — Le substantif qui suit le nom de nombre se met au pluriel de 2 à 10, au singulier de 11 à 99, et au pluriel ou au singulier à 100 et au-dessus.

ميـة	*mia*	١٠٠	100.
ميتـين	*mîtîne*	٢٠٠	200.
ثلثمية	*tseltsemia*	٣٠٠	300.
اربعمية	*arbe'amia*	٤٠٠	400.
خمسمية	*khemsmia*	٥٠٠	500, etc.
ألف	*alef*		1,000.
ألفين	*alfîne*		2,000.
ثلث آلاف	*tselts alâf*		3,000.
احداش ألف	*h'edâchene alef*		11,000.
عشرين ألف	*'achrîne alef*		20,000.
مية ألف	*miat alef*		100,000.
ألف ألف	*alef alef*		1,000,000.

(Comme exercice faire compter les élèves de toutes les façons, d'abord sans ajouter de substantifs, ensuite en ajoutant les différents substantifs qui ont été vus dans les 19 premières leçons. Faire calculer en arabe.)

20e LEÇON

K'eddâch râhî essâ'a *Cheh'âî râhî essâ'a* *Ach mene sâ'a râhî*	Quelle heure est-il?
Râhî elouâh'da	il est une heure.
Râhî ezzoûdj	il est deux heures.
Râhî elkhemsa	il est cinq heures.
Râhî esseb'a	il est sept heures.
Râhî ettsenâch	il est midi.
Elouâh'da d'rebet	une heure a sonné.
Essetta d'erebet	six heures ont sonné.

نُصْف (prononcez *no's*) moitié, demi, mi.

دفيقة pl. دفايف *dek'ik'a* pl. *dek'âik'* minute.

ثُلُث *tselts* tiers, — vingt minutes.

غير ثُلُث *r'ir tselts* moins vingt, — moins un tiers.

ربع *reba'* quart; ربع ساعة un quart d'heure.

نُصْف ساعة une demi-heure.

ساعة ونُصْف une heure et demie.

خمْس دفايف cinq minutes.

راهي آلخمسة وثلث راهي آلخمسة وعشرين دقيقة	il est cinq heures vingt.

QUELQUES ADVERBES

هنا	*henâ*	ici.
ثمّ	*tsemma*	là.
هناك	*henâk*	là-bas.
ألهيه	*elhîh*	là-bas.
برّا	*berrâ*	dehors.
الدّاخل	*eddâkhel*	dedans, dans l'intérieur.
شويّة	*chouïa*	un peu.
بآلزّاف	*bezzâf*	beaucoup.
بآلسّيف	*bessîf*	forcément (avec le sabre).
بآلقوّة	*belkoua*	fortement (avec la force).
بآلسّياسة	*bessiaça*	doucement (avec le calcul).
بآلطّبع	*bet't'ebâ'*	bien, parfaitement.
سوا سوا	*souâ souâ*	bien, comme il faut, juste.
مليح	*melîh'*	bien.

19e EXERCICE

قدّاش راهي آلسّاعة - راهي آلواحدة ونصف - راهي آلزّوج وثلث - راهي آلثلاثة وربع - راهي آلأربعة وخمس دقايق - راهي آلخمسة

و دفيفتين - راهى آلسّتة وعشر دفايف - راهي آلسّبعة واحداش دفيفة - راهى آلثّمانية غير دفيفتين - راهى آلتّسعة سوا سوا - راهى آلعشرة غير عشرين دفيفة - راهى آلأحداش غير ربع - راهى الاثناش غير ستّ دفايف * ضربني هنا - ما ضربها شى ثمّ - ما شافه شى الهيه - شافكُمْ شى برّا - فهمني شويّة - ما فهمكُمْ شى مليح - طرّده شى وحْده - شافنا وحدنا - جاب آلكتُب بآلزّاوف - شاف آلخيل وآلبغال بآلزّاوف في آلجنان متاع هذا آلشّيخ - ضربكُمْ شى بآلفوّة - ما ضربنا شى بالفوّة - ضربها بآلسّياسة - هَذا هُوَ الرّجل الّى طرّدني بالسّيوف من عنْده * جِبْهُمْ بالسّياسة - جابهُمْ في التّبن - اشكون هو آلسّكاكري الّى جاب هذا السّكّر وهذه القهْوة - هَذا هُوَ - راه مَعَ البوّاب فدّام آلباب - جِبْه هنا - القَهْواجي جاب شى فهوتي - واين راهي - وآلمغرفة ما جابها شى *

20e EXERCICE

Où est ton ami le muletier? — Il est ici. — Il est là-bas. — Est-il dehors avec ses mulets? — Ils ne sont pas dehors parce qu'ils sont très malades. — Sont-ils seuls dans leurs chambres? — Ils sont avec leurs voisins les épiciers. — Qui a frappé avec force ces enfants? — Votre fils n'a pas bien compris cela. — Il a bien compris ce livre. — Il nous a chassés de force. — Il les a vus dans l'intérieur du jardin avec votre mère. — Il a frappé ses enfants parce qu'il les a vus dehors avec vos garçons. — Quelle heure est-il? — Il est trois heures et demie. — Il est cinq heures un quart. — Il est neuf heures et vingt minutes. — Il est dix heures et dix minutes. — Il l'a chassée deux fois de chez lui. — Il les a vus quatre fois chez nous.

— Il vous a vus chez eux à *('ala)* six heures et quart. — Il t'a vu chaque fois avec elle. — Il l'a porté chaque jour dehors. — Il les a portés deux fois à la ville.

21e LEÇON

PASSÉ OU PRÉTÉRIT

Tous les verbes exprimant un passé (passé défini, passé indéfini, passé antérieur) se conjuguent sur le tableau suivant. (Le trait remplace un verbe quelconque).

		Singulier	
1re personne.....		____تُ	____te
2e pers.	masc....	____تَ	____te
	fém.....	____تِ	____ti
3e pers.	masc....	____	____
	fém.....	____َتْ	____èt
		Pluriel	
1re personne.....		____نَا	____na
2e personne......		____تُوا	____toû
3e personne......		____وا	____oû

Conjugaison d'un verbe au PRÉTÉRIT

	Singulier		
1re pers...	كَتَبْتُ	keteb**te**	j'ai écrit.
2e pers. M.	كَتَبْتَ	keteb**te**	tu as écrit.
2e pers. F.	كَتَبْتِ	keteb**tî**	tu as écrit.
3e pers. M.	كَتَب	keteb	il a écrit.
3e pers. F.	كَتَبَتْ	keteb**èt**	elle a écrit.
	Pluriel		
1re pers...	كَتَبْنا	keteb**na**	nous avons écrit.
2e pers....	كَتَبْتوا	keteb**toû**	vous avez écrit.
3e pers....	كَتَبوا	keteb**oû**	ils ont écrit.

Conjuguer de même les verbes suivants :

خدم	*khedem*	il a travaillé.	خرج	*kheredj*	il est sorti.
رفد	*rek'ed*	il a dormi.	دخل	*dekhel*	il est entré.
شرب	*chereb*	il a bu.	قدر	*k'eder*	il a pu.

(Comme exercice, faire conjuguer par écrit et de vive voix ces différents verbes et ceux qui ont été donnés à la 8e leçon, avec l'interrogation, la négation, les mots interrogatifs, les pronoms affixes, les pronoms personnels sujets, etc. On pourra aussi exercer les élèves sur les verbes qui se trouvent aux pages 16, 17, 18).

21e EXERCICE

كتبوا قدّامي - اش من مراة كتبتْ قدّامك - يا مراة علاش كتبتِ في بيتي - هُوَ كتب في بيتك - انْتُما كتبْتوا لهَذا الولد - ما خدمْت شي عنْده - خدمْنا عنْد هَذه المراة - خدمْتوا مليح - هَذه البنْت ما خدمَتْ شي مليح في هَذه الدّار - يا ولد خدمْت شي مَعَ خوك ومع أمّك - واين رفدتوا - علاش رفدتوا في اَلجنان - الرّجال الّي رفدوا عنْدك هُما احبابي - أُخْتي رفدَتْ مع أمّي في بيت جارنا - شربْت شي الحليب في هَذا اَلكاس - علاش ما شربْتوا شي القهْوة عند هذا البوّاب - شربْت انا قهوة مليحة عنْد القهْواجي الّي راه قدّام دار الحدّاد - دخلْت شي في قهوته - دخلْت في قهوته مع حبيبي و شربْنا زوج كيسان حليب - شربْتوا شي هذا الحليب بالمغارف - اشكون خرج من عندك - هذه المراة خرجَتْ بالسّياسة من دارها و دخلَتْ في الجنان الّي راه قدّام باب القْبولجي ❊

22e LEÇON

طلع	*t'ela'*	il est monté.	لعب	*le'ab*	il a joué.
هبط	*hebet'*	il est descendu.	ضحك	*d'eh'ak*	il a ri.
طلب	*t'eleb*	il a demandé.	شعل	*che'al*	il a allumé.
عمل	*'amel*	il a fait.	ربح	*rebah'*	il a gagné.

جمعة pl. جمعات *djem'a*, pl. *djem'ât* semaine.

نهار الاحد	*nehâr elh'ad*	dimanche.
نهار الاثنين	*nehâr ettsenîne*	lundi.
نهار الثلاثاء	*nehâr ettselâtsâ*	mardi.
نهار الاربعاء	*nehâr elarbe'â*	mercredi.
نهار الخميس	*nehâr elkhemîs*	jeudi.
نهار الجمعة	*nehâr eldjem'a*	vendredi.
نهار السبت	*nehâr essebt*	samedi.

فصل pl. فصول *fes'el*, pl. *fes'oûl* saison.

ربيع	*rebî'*	printemps.	خريف	*kherîf*	automne.
صيف	*s'îf*	été.	شتاء	*chetâ*	hiver.

22e EXERCICE

هذا الرجل طلع - هذه المراة طلعت - هذوا الاولاد طلعوا - طلعنا عنده - طلعتِ شي عند حبيبتك - علاش ما طلعتوا شي في بيتنا - أشكون هبط - خوك هبط شي - لا يا سيدي ما هبطوا شي - انا الى هبطت - طلبت منه هذه الحاجة - علاش ما طلبتوا شي من باباكم

كتُب وفلوسة ـ طلبْناهُمْ منه ـ آش عملْت نهار الاحَد ـ آش عملْتوا نهار الخميس ـ آش عملْنا عندهُمْ ـ آش عملْتِ يا مراة عند هذا الولد نهار الجمْعة ـ ما عملْتوا حتّى حاجة في بيوتكم نهار السّبْت ـ لعبْتوا شي نهار الأربعة في هَذا الجنان ـ ما لعبَتْ شي نهار الاثنين مع هَذه المراة ـ واش عملْتوا في فصل الصّيف ـ علاش ما عملْتوا شي هذه الحاجة في فصل الرّبيع ـ في فصل الخريف خدمنا في هَذا الجنان ـ في فصل الشتاء ما خرجْنا شي من بلَدنا ـ ربحْت شي ـ ما ربحْت شي ـ شعلوا شي النّار في البيت ـ ما شعلوها شي ـ علاش ضحكْت ـ ما ضحكْتوا شي قدّامها ـ ما ضحكْنا شي ✽

23e EXERCICE

Il y a 7 jours dans la semaine. — Il y a 4 semaines dans le mois. — Il y a 12 mois dans l'année. — Il y a 30 jours dans le mois. — Il y a 365 jours dans l'année. — Il y a 52 semaines dans l'année. — J'ai travaillé chez lui lundi. — Avez-vous travaillé chez elle dimanche ? — Pourquoi n'ont-ils pas travaillé avec eux mardi ? — Tu as dormi dans sa maison mercredi. — Ils ont dormi dans la chambre de notre ami jeudi. — Vendredi, il a bu du bon café chez ce boucher. — Ma fille, as-tu bu du bon lait chez cette femme samedi ? — Il est sorti doucement de sa chambre. — Ils sont sortis de chez nous mercredi. — Nous sommes entrés chez vos maîtres jeudi. — Elle est montée chez moi samedi. — Êtes-vous montés dans leurs chambres mardi ? — Nous sommes descendus dimanche. — Nous avons demandé vendredi cette mule. — Avez-vous joué samedi devant la porte de cette maison ? — Il y a 4 saisons dans l'année. — Qu'as-tu fait en été ? — Qu'ont-ils fait en hiver ?

23e LEÇON

Les verbes exprimant le futur ou le présent se conjuguent sur le modèle suivant. Ce temps a été appelé par les grammairiens **AORISTE**.

Singulier		
1re personne.....	نـــــ	ne ____
2e pers. masc....	تـــــ	te ____
2e pers. fém.....	تـــــي	te ____ î
3e pers. masc....	يـــــ	î ____
3e pers. fém.....	تـــــ	te ____
Pluriel		
1re personne.....	نـــــوا	ne ____ oû
2e personne.....	تـــــوا	te ____ oû
3e personne.....	يـــــوا	î ____ oû

*Conjugaison d'un verbe à l'*AORISTE

		Singulier	
1re pers...	نكتب	**ne**kteb	j'écrirai.
2e pers. M.	تكتب	**te**kteb	tu écriras.
2e pers. F.	تكتبي	**te**ktebî	tu écriras.
3e pers. M.	يكتب	**i**kteb	il écrira.
3e pers. F.	تكتب	**te**kteb	elle écrira.
		Pluriel	
1re pers...	نكتبوا	**ne**kteb**oû**	nous écrirons.
2e pers....	تكتبوا	**te**kteb**oû**	vous écrirez.
3e pers....	يكتبوا	**i**kteb**oû**	ils écriront.

Conjuguer de même les verbes suivants :

كسّر	*kesser*	il a cassé.	سافر	*sâfer*	il a voyagé.
سلّف	*sellef*	il a prêté.	تكلّم	*tekellem*	il a parlé.
حوّس	*h'awes*	il s'est promené.	تعلّم	*te'allem*	il a appris, étudié.

(Comme exercice, faire conjuguer à ce temps les verbes qui ont été vus aux leçons 8, 21 et 22, avec l'interrogation, la négation, etc.).

24e LEÇON

اَلْيوم	*elioum*	aujourd'hui.
اَلْبارح	*elbârah·*	hier.
أمس	*ames*	la veille, hier.
أوّل اَلْبارح	*awel elbârah·*	avant-hier.
أوّل أمس	*awel ames*	l'avant-veille.
غدْوة — غدّا	*r'edoua — r'eddâ*	demain.
غير غدْوة — غير غدّا	*r'îr r'edoua*	après-demain.
الصّباح	*es·s·ebâh·*	le matin.
هَذا اَلصّباح	*hâd es·s·ebâh·*	ce matin.
اَلْعشيّة	*el'achiia*	l'après-midi.
هَذه العشيّة	*hâd el'achiia*	cette après-midi.
اَللّيل	*ellîl*	la nuit.
فِ اَللّيل	*fellîl*	dans la nuit, de nuit.
هَذه اللّيلة	*hâd ellîla*	cette nuit.
اَلنّهار	*ennehâr*	le jour.

فِي آلنّهار	*fennehâr*	dans le jour, de jour.
كُلّ يوم	*koul ioum*	chaque jour, tous les jours.
كُلّ صباح	*koul s·ebâh·*	chaque matin.
كُلّ يومين	*koul ioumîne*	tous les deux jours.
كُلّ ثلث شهور	*koul tselts chehoûr*	tous les trois mois.
كُلّ جمْعة	*koul djem'a*	chaque semaine.
بكْري	*bekrî*	de bonne heure.
فِي آلسّاعة	*fissâ·*	vite, promptement.
ذا الْوقْت	*dalouek·t* (*darouek·*)	maintenant, à l'instant.
دايمًا	*dâïmane*	toujours.
أبدًا	*abadane*	jamais.

Remarque. — Pour traduire l'adverbe *jamais*, on se sert aussi du substantif عُمْر *'omr* (âge, vie), que l'on accompagne des pronoms affixes mis à la personne voulue ; Exemples : Il n'est jamais malade عُمْره ما راه مريض *'omrho mâ râh merîd·*; je n'ai jamais joué avec lui عُمْري ما لعبْت مْعَه *'omrî mâ le'abt ma'ah.*

24e EXERCICE

نكْتب له غدْوة بـرّيّة ـ نحوّسوا غير غدوة مع جيراننا ـ هذا الصّباح يخدموا عنْد آلمفبولجي ـ اليوم نخدموا و هذه آلبْيت ـ فِي فصل

التّربيع يسافروا من هَذه آلبَلَد - في فصل آلصّيف نخرجوا من بلدكم و نسافروا مع احْبابُكُمْ - البارح حوّستوا مع هذه المراة و اليوم نحوّسوا مَعَنا - أَمس كُنْتوا فرحانين و اليوم راكم مراض - اوّل آلبارح كان في هذه البلَد و اليوم سافر منها - آليوم راني معكُمْ غدْوة نكون مع خواتاتكم و غير غدْوة نكون عنْد هُذوا آلنّساء - سلّفَتْ لي البارح بغلتها و اليوم تسلّف لي عودتها و غدْوة تسلّف لي خيلها - تعلّمْت معهُمْ العربيّة و نتعلّم معكُمْ الفرنْسيسة - نتعلّموا مع هذا آلولد عنْد جارنا - يتكلّم كُلّ يوم معَه و تعلّم العربيّة - تشْعل شي الصّباح النّار في بيتك - لالا يا سيدي - علاش ما تشْعلوا شي آلنار في بيوتك في اللّيل - مَعَ مَنْ تلعب - ما تلْعبوا شي غدْوة علَى خاطر ما تخْدموا شي آليوم - تدخل معَهُمْ في جناني و تلْعب و تضْحك و تحوّس *

25e EXERCICE

Où as-tu travaillé aujourd'hui ? — Où ont-ils travaillé hier ? — Chez qui avez-vous dormi cette nuit ? — Avant-hier ils sont sortis de leur maison de bonne heure. — Nos voisins ont joué chez nous avant-hier dans la nuit. — Nous avons bu hier matin chez la femme de ce vieillard du bon lait et du bon café. — Demain nous nous promènerons dans le jardin à 4 heures 1/2. — Après-demain, s'il plaît à Dieu (1), nous voyagerons. — Vendredi matin, s'il plaît à Dieu, vous travaillerez chez nous. — Nous ne travaillerons pas la nuit. —

(1) S'il plaît à Dieu انْ شاء آللّه *ine châ Allah*.

Ils travaillent le jour. — Étudiez-vous tous les jours dans ce livre? — Nous parlons avec lui chaque matin. — Elle ne parle jamais avec lui. — Pourquoi, ma fille, ne parles-tu jamais avec ta voisine? — Ils se promènent le jour et travaillent la nuit. — Pourquoi ces hommes travaillent-ils le jour et se promènent-ils la nuit? — Tous les deux jours nous ferons cela. — Ils ont fait cela chaque semaine. — Tous les trois mois mon père lui prête 150 francs. — Votre mère est-elle sortie de bonne heure de chez elle ce matin? — A quelle heure est-elle sortie? — A 8 h. 1/2. — Ils sont sortis vite de chez cet homme. — Ils sont entrés à l'instant dans votre chambre. — Ils entrent toujours chez moi le soir. — Votre mère ne rit jamais.

25e LEÇON

INFINITIF

L'infinitif n'existe pas en arabe. Pour le traduire on se sert de l'aoriste, que l'on met au même genre, au même nombre et à la même personne que le verbe ou le pronom affixe qui précède. Ainsi cette phrase : je sais travailler, se tournera en arabe par : je sais je travaille ; — il nous a vus sortir, se tournera par : il a vu nous nous sortons ; — etc.

Singulier

نعرف نخدم	*na'ref*	*nekhdem*	je sais	travailler
تعرف تخدم	*ta'ref*	*tekhdem*	tu sais	
تعرفي تخدمي	*ta'refî*	*tekhdemî*	tu sais (f.)	
يعرف يخدم	*ia'ref*	*iekhdem*	il sait	
تعرف تخدم	*ta'ref*	*tekhdem*	elle sait	

Pluriel

نعْرفوا نخْدموا	*na'refoû*	*nekhdemoû*	nous savons	travailler
تعْرفوا تخْدموا	*ta'refoû*	*tekhdemoû*	vous savez	
يعْرفوا يخْدموا	*ia'refoû*	*iekhdemoû*	ils savent	

Singulier

سمعني نتكلّم	*sema'nî*	*netekellem*	il m'a entendu	parler
سمعك تتكلّم	*sem'ek*	*tetekellem*	il t'a entendu	
سمعك تتكلّمي	*sem'ek*	*tetekellemî*	il t'a entendue	
سمعه يتكلّم	*seme'ho*	*ietekellem*	il l'a entendu	
سمعها تتكلّم	*sema'hâ*	*tetekellem*	il l'a entendue	

Pluriel

سمعنا نتكلّموا	*sema'nâ*	*netekellemoû*	il nous a entendus	parler
سمعكُمْ تتكلّموا	*sema'koum*	*tetekellemoû*	il vous a entendus	
سمعهُمْ يتكلّموا	*sema'houm*	*ietekellemoû*	il les a entendus	

أش بِيَ	*ach bia*	qu'ai-je...?
أش بِك	*ach bik*	qu'as-tu...?
أش بِه	*ach bih*	qu'a-t-il...?
أش بِها	*ach bihâ*	qu'a-t-elle...? etc.

ما ذا بِيَ	*mâ dzâ bïa*	je voudrais bien...
ما ذا بِك	*mâ dzâ bik*	tu voudrais bien...
ما ذا بِه	*mâ dzâ bih*	il voudrait bien...
ما ذا بِها	*mâ dzâ bihâ*	elle voudrait bien..., etc.

26e EXERCICE

نعْرف نتكلّم - هو ما يعْرف شي يتكلّم - أش بِك ما تتكلّم شي - ما نعْرف شي - علاش ما تعْرف شي تتكلّم - عَلَى خاطر ما تعلّمْت شي - خوك و أُخْتك يعرفوا يتكلّموا علَى خاطر تعلّموا مليح - ما نعْرف شي نتكلّم ولاكن نعْرف نكْتب و خويَ ما يعْرف شي - أنْتُما تعْرفوا شي تكْتبوا - سمعْتك تتكلّم بٱلعربيّة واين تعلّمْت تتكلّم - سمعْنا هذوا النّسآء يتكلموا مليح بالفرنْسيسة ما نعرفوا شي واين تعلّموا - يا بنْتي سمعْتك تضْحكي وحْدك - سمعوكم تضْحكوا في ٱلبيت - سمعْتني شي ندْخل - ما سمعْتك شي يا خويَ علَى خاطر كُنْت نعسان - علاش ما راك شي فرْحان أش بِك - ما راني شي فرْحان على خاطر ما نقْدرشي نتعلّم العربيّة وما ذا بِيَ نعْرفها - علاش ما تقْدرشي تتعلّمها - تقْدروا شي تخْدموا اليوم -

ما نقدروا شي نخدموا على خاطر رانا عيّانين بالزّاف خدمنا البارح من الصّباح حتّى العشيّة و خدمنا فى اللّيل حتّى العشرة - أنا عمري ما نخدم فى اللّيل - ما تقدر شي تخدم فى اللّيل على خاطر عينيك مراض بالزّاف - ما ذا بِىَ نرقد فى اللّيل و نخدم فى النّهار - ما ذا بك تلعب و ما تخدم شي - ما ذا بك يا أختى تهبطى فى الجنان - ما ذا به يخرج يحوّس فى البلد - ما ذا بها تخرج تسافر هذه الجمعة - ما ذا بنا نقدروا نطّلعوا فى هذه الدّار و نرقدوا على خاطر سافرنا بالزّاف اليوم و رانا عيّانين - ما ذا بهم يلعبوا و يربحوا *

27e EXERCICE

Je sais parler. — Sais-tu parler arabe *(bel'arbiia)* (1) ? — Elle ne sait pas parler arabe. — Votre fils sait bien parler arabe. — Pourquoi ces enfants ne savent-ils pas parler arabe? — Pouvez-vous sortir ce matin ? — Ils n'ont pas pu sortir avant-hier. — Les femmes ne peuvent pas sortir la nuit. — Ils ne peuvent pas étudier ce livre. — Nous ne pourrons pas monter chez vous de bonne heure. — Pourquoi ne pouvez-vous pas travailler doucement? — Que peuvent-ils faire chaque après-midi dans ce jardin ? — Je vous ai entendus parler doucement. — Il ne vous a pas entendus rire dans la chambre. — Il les a vus se promener dans la ville d'Oran. — Il la verra al-

(1) بٱلعربيّة

lumer le charbon. — Il t'a vu casser la tasse. — Il n'a pas pu me voir. — As-tu bien appris à parler l'arabe ? — Pourquoi vos enfants n'ont-ils pas bien appris à parler l'arabe ? — Je voudrais bien comprendre ce livre. — Tu voudrais bien te promener tous les jours. — Il voudrait bien comprendre l'arabe *(el'arbiia)* (1). — Elle voudrait bien boire un verre de ce lait. — Nous voudrions bien nous promener avec nos amis dans cette grande ville. — Vous voudriez bien jouer matin et soir. — Cette petite fille voudrait bien pouvoir sortir de sa chambre et jouer dans le jardin, mais son père l'a entendue parler avec cette femme et il lui a dit de travailler jusqu'à la nuit. — Vos voisins voudraient bien vous demander (demander de vous) votre jument. — Qu'as-tu à rire ? — Qu'a-t-elle à parler doucement ? — Qu'a-t-il à le frapper ? — Qu'a-t-elle à sortir toujours de chez elle ? — Qu'avez-vous à ne pas travailler ?

26e LEÇON

IMPÉRATIF

Pour obtenir l'impératif on n'a qu'à retrancher le تـ (*Te*) des secondes personnes de chaque nombre de l'aoriste ; exemples :

Aoriste		Impératif		
تسلّف	*tesellef*	سلّف	*sellef*	prête.
تسلّفي	*tesellefî*	سلّفي	*sellefî*	prête (f.).
تسلّفوا	*tesellefoû*	سلّفوا	*sellefoû*	prêtez.

(1) ٱلعربيّة

Si, après le retranchement du تـ, la lettre qui suit ne se prononce pas avec une voyelle, on ajoute devant, la voyelle E, représentée dans l'écriture par ا ; exemples :

Aoriste		Impératif		
تكْتب	*tekteb*	آكْتب	*ekteb*	écris.
تكْتبي	*tektebî*	آكْتبي	*ektebî*	écris (f.).
تكْتبوا	*tekteboû*	آكْتبوا	*ekteboû*	écrivez.

L'impératif avec négation se traduit par l'aoriste ; exemples : ne fais pas ! ما تعْمل شي *mâ ta'mel che ;* — ne prêtez pas ! ما تسلّفوا شي *mâ tesellefoû che.*

L'impératif à la 1re personne du pluriel se rend par l'aoriste, devant lequel on met يا آللّه *iâllâh* ou هيّا *heïâ ;* jouons ! يا آللّه نلعبوا *iâllâh nel'aboû.*

PARTICIPES

Le participe présent, dans les verbes de trois lettres sans addition d'aucun signe, et dans ceux de deux lettres dont la seconde porte un chadda, se forme en mettant un A (ا) après la première lettre ; — le participe passé dans ces mêmes verbes se forme en mettant *Me* (مـ) au commencement et *Ou* (و) après la 2e lettre ; exemples :

Participe présent			Participe passé		
كاتب	*kâteb*	écrivant	مكتوب	*mektoûb*	écrit.
ضارب	*d'âreb*	frappant	مضروب	*med'roûb*	frappé.
طالب	*t'âleb*	demandant	مطلوب	*met'loûb*	demandé.
فاهم	*fâhem*	comprenant	مفهوم	*mefhoûm*	compris.

Le féminin de tous les participes se forme en ajoutant un ة au masculin ; — le pluriel en ajoutant *ine* (ين).

Les participes des verbes de trois lettres, la seconde ayant un chadda, ou de plus de trois lettres, se forment en remplaçant la 1re lettre de l'aoriste par *Me* (مـ) ; exemples :

Aoriste		Participes		
يكسّر	*ikesser*	مكسّر	*mekesser*	cassant *ou* cassé.
يسافر	*isâfer*	مسافر	*mesâfer*	voyageant.
يتكلّم	*itekellem*	متكلّم	*metekellem*	parlant.

28e EXERCICE

Frappe-le. — Ma fille, frappe-la. — Frappez-nous. — Ne le frappe pas. — Ne nous frappez pas. — Tuez-les. — Tue-la. — Ne la tuez pas. — Tuons-le. — Porte ce fusil. — Portez cette herbe. — Ne les portez pas chez lui. — Portons ce charbon dans la petite chambre. — Blesse-la. — Ne les blessez pas. — Chasse ces hommes de ta chambre. — Chassez-le de chez vous. — Ne la chassez pas aujourd'hui. — Travaillez bien. — Travaille doucement. — Ne travaillez pas vite. — Femme, travaille dehors. — Sors dehors. — Ma fille, sors vite de la chambre. — Sortez vous promener tous les matins de bonne heure. — Montez travailler chez moi cette après-midi. — Fais cela vite. — Faites cela dans deux jours. — Fais cela tous les 3 mois. — Ne ris pas devant lui. — Promenez-vous doucement. — Promène-toi deux heures tous les jours. — Étudiez l'arabe. — Étudie bien car tu es jeune. — Parle doucement. — Ne parle pas vite. — Parlez arabe devant moi.

(Faites former les participes présents et passés des verbes qui ont été vus dans les leçons et ceux qui se trouvent aux pages 16, 17, 18 et 19.)

29e EXERCICE

أنا ما نعرف شي نلعب كيفك - هُما ما يعرفوا شي يلعبوا كيفكم - آش بكم ما تعرفوا شي تلعبوا كيف اولادنا - سمعت شي خويَ يتكلّم مع بوّاب هذه الدّار - سمعناهم يتكلّموا مع القهوجيّة - افهم - افهموا - ما تقدروا شي تفهموا - علاش طردتوا حبيبي الّي كان مع اولادكم في الجنان - مرّة أخرى ما تطرّد شي أختي - هذه هي المراة الّي طردت المقفولجي من دارها - اقعد هنا - اقعدوا كل يوم ثلث سوايع في النّهار - اقعدي شويّة فوق هذا التّبن - ما تقعدوا شي في اللّيل على الحشيش - اشرب كاس حليب - اشربي هذا الفنجال

فهوة بالسّكر ـ ما نشربوا شي الشّراب بلا (1) مآء في فصل الصّيف ـ سلّفْ لي هذا الكتاب ـ ما ذا بي نتكلّم معَه ـ ما ذا بِها تتعلّم العربيّة ـ الاولاد ما ذا بِهُمْ يلعبوا دايمًا *

27e LEÇON

PRÉSENT DE L'INDICATIF (2)

Le présent de l'indicatif peut se rendre en arabe de trois manières :

1° Si l'on veut indiquer que l'action marquée par le verbe ne se fait pas dans le moment même où l'on parle, on se sert simplement de l'aoriste ;

2° Si l'on veut indiquer qu'on fait la chose au moment même où l'on parle, on met راني devant l'aoriste ;

3° On emploie encore, avec le même sens, راني devant le participe présent.

(1) بلا sans.

(2) Les leçons qui suivent ont été faites courtes à dessein pour permettre à l'élève d'étudier la liste des verbes et des noms contenus dans la première partie.

Conjugaison de ce temps

(Seconde manière)

Singulier

راني نرْفد	je porte
راك ترْفد	tu portes
راكِ ترْفدي	tu portes (f.)
راه يرْفد	il porte
راهي ترْفد	elle porte

Pluriel

رانا نرفدوا	nous portons
راكُمْ ترْفدوا	vous portez
راهُمْ يرْفدوا	ils portent

(Troisième manière)

Singulier

رانى رافد	je porte
راك رافد	tu portes
راكِ رافدة	tu portes (f.)
راه رافد	il porte
راهى رافدة	elle porte

Pluriel

رانا رافدين	nous portons
راكُمْ رافدين	vous portez
راهُمْ رافدين	ils portent

(Comme exercice de cette leçon et des six suivantes, faites conjuguer de vive voix et par écrit les différents verbes qui ont été vus dans les leçons précédentes. Faites traduire de nombreuses phrases oralement.)

28e LEÇON

IMPARFAIT

L'imparfait de l'indicatif peut se rendre de deux manières :

1° Par l'aoriste précédé du verbe كُنْت ;

2° Par le participe présent précédé de كُنْت.

(Première manière)		(Seconde manière)	
Singulier		Singulier	
كُنْت نرْفد	je dormais	كُنْت رافد	je dormais
كُنْت ترْفد	tu dormais	كُنْت رافد	tu dormais
كُنْتِ ترْفدي	tu dormais (f.)	كُنْتِ رافدة	tu dormais (f.)
كان يرْفد	il dormait	كان رافد	il dormait
كانَتْ ترْفد	elle dormait	كانَتْ رافدة	elle dormait
Pluriel		Pluriel	
كُنّا نرْفدوا	nous dormions	كُنّا رافدين	nous dormions
كُنْتوا ترْفدوا	vous dormiez	كُنْتوا رافدين	vous dormiez
كانوا يرْفدوا	ils dormaient	كانوا رافدين	ils dormaient

29e LEÇON

PASSÉS

Le passé défini, le passé indéfini et le passé antérieur se rendent tous trois par le prétérit. Lorsqu'on veut indiquer un passé récent, on met راني devant le prétérit.

Singulier

رانى عملْت	j'ai fait, je viens de faire
راك عملْت	tu viens de faire
راكِ عملْتِ	tu viens de faire (f.)
راه عمل	il vient de faire
راهى عملَتْ	elle vient de faire

Pluriel

رانـا عـمـلْـنـا	nous venons de faire
راكُمْ عـمـلْـتـوا	vous venez de faire
راهُمْ عـمـلـوا	ils viennent de faire

PLUS-QUE-PARFAIT

Le plus-que-parfait se rend par le prétérit du verbe, précédé de كُـنْـت

Singulier

كُـنْـت كـمّـلْـت	j'avais fini
كُـنْـت كـمّـلْـت	tu avais fini
كُـنْـتِ كـمّـلْـتِ	tu avais fini (f.)
كـان كـمّـل	il avait fini
كـانَـتْ كـمّـلَـتْ	elle avait fini

Pluriel

كُـنّـا كـمّـلْـنـا	nous avions fini
كُـنْـتـوا كـمّـلْـتـوا	vous aviez fini
كـانـوا كـمّـلـوا	ils avaient fini

30e LEÇON

FUTUR

Le futur peut se rendre de trois manières :

1° Par l'aoriste;

2° Par l'aoriste précédé de نكون pour indiquer qu'on fera la chose au moment où une autre aura lieu.

3° Par le participe présent précédé de نكون avec le même sens.

(Deuxième manière)

Singulier

نكون نكتب j'écrirai, je serai à écrire, je serai occupé à écrire

تكون تكتب tu écriras

تكوني تكتبي tu écriras (f.)

يكون يكتب il écrira

تكون تكتب elle écrira

Pluriel

نكونوا نكتبوا nous écrirons

تكونوا تكتبوا vous écrirez

يكونوا يكتبوا ils écriront

(Troisième manière)

Singulier

نكون رافد je dormirai, je serai endormi

تكون رافد tu dormiras

تكوني رافدة tu dormiras (f.)

يكون رافد il dormira

تكون رافدة elle dormira

Pluriel

نكونوا رافدين nous dormirons

تكونوا رافدين vous dormirez

يكونوا رافدين ils dormiront

FUTUR PASSÉ

Le futur passé se rend à l'aide du prétérit précédé de نكون.

Singulier

نكون كمّلت j'aurai fini

تكون كمّلت tu auras fini

تكوني كمّلتِ tu auras fini (f.)

يكون كمّل il aura fini

تكون كمّلت elle aura fini

Pluriel

نكونوا كمّلنا	nous aurons fini
تكونوا كمّلتوا	vous aurez fini
يكونوا كمّلوا	ils auront fini

31e LEÇON

SUBJONCTIF

Le subjonctif se rend par l'aoriste ; exemple :

لازم نكتب	*lâzem nekteb*	il faut que j'écrive
لازم تكتب	*lâzem tekteb*	il faut que tu écrives
لازم تكتبي	*lâzem tektebî*	il faut que tu écrives (f.)
لازم يكتب	*lâzem ikteb*	il faut qu'il écrive
لازم تكتب	*lâzem tekteb*	il faut qu'elle écrive
لازم نكتبوا	*lâzem nekteboû*	il faut que nous écrivions
لازم تكتبوا	*lâzem tekteboû*	il faut que vous écriviez
لازم يكتبوا	*lâzem ikteboû*	il faut qu'ils écrivent

Il veut que je lui prête de l'argent يحبّ نسلّف له الدّراهم *ih•abb nesellef lho edderâhem ;* — Pourquoi ne veux-tu pas que je joue avec lui ? علاش ما تحبّ شي نلعب معه *'alâch mâ teh'abb che nel'ab ma'ah ;* — Il ne faut pas que tu parles ! لازم ما تتكلّم شي *lâzem ma tetekellem che.*

CONDITIONNEL

Le conditionnel se rend par les temps correspondants du futur ; exemple : Si je n'étais pas malade, je jouerais avec toi لوكان انا ما شي مريض نلعب معك *loukâne anâ mâ chî merîd· nel'ab ma'ak ;* — Il serait monté chez toi s'il avait pu يكون طلع عندك لوكان قدر *ikoûn t·ela' 'andek loukâne k·eder.*

30e EXERCICE

Il faut que tu me prêtes de l'argent. — Combien veux-tu que je te prête ? — Combien veut-il que je lui prête ? — Combien voulez-vous que nous vous prêtions ? — Pourquoi ne voulez-vous pas que je me promène ? — Pourquoi votre père ne veut-il pas que je parle avec vous ? — Pourquoi ne veulent-ils pas que nous entrions chez eux ? — Que veux-tu que je fasse ? — Pourquoi ne voulais-tu pas que je dormisse dehors ? — Il ne faut pas que tu boives de l'eau. — Il ne faut pas qu'ils leur demandent ces livres. — Ils ne veulent pas que leur enfant rie. — Cette femme ne veut pas que sa fille sorte seule. — Ma mère, pourquoi ne veux-tu pas que mon petit frère descende avec moi ? — Ces enfants travailleraient s'ils n'étaient pas fatigués. — Il sortirait s'il *le* pouvait. — Elle boirait du café si elle avait une tasse et du sucre. — Nous ferions cela si nous le pouvions. — Nous aurions fait cela si nous avions pu. — Nous parlerions arabe si nous le pouvions. — Votre fils parlerait arabe s'il le pouvait. — Ils m'auraient prêté 100 francs s'ils les avaient eus.

32e LEÇON

Les verbes qui ont un *chadda* sur la dernière lettre se conjuguent sur le modèle suivant :

PRÉTÉRIT

Singulier

1re personne....	كبّيت	*kebbît*	j'ai versé
2e pers.. M....	كبّيت	*kebbît*	tu as versé
2e pers.. F....	كبّيتِ	*kebbîti*	tu as versé
3e pers.. M....	كبّ	*kebb*	il a versé
3e pers.. F....	كبّت	*kebbet*	elle a versé

Pluriel

1re personne....	كبّينا	*kebbînâ*	nous avons versé
2e personne....	كبّيتوا	*kebbîtoû*	vous avez versé
3e personne....	كبّوا	*kebboû*	ils ont versé

AORISTE

Singulier

1re personne....	نكبّ	*nekebb*	je verserai
2e pers.. M....	تكبّ	*tekebb*	tu verseras
2e pers.. F....	تكبّي	*tekebbî*	tu verseras
3e pers.. M....	يكبّ	*ikebb*	il versera
3e pers.. F....	تكبّ	*tekebb*	elle versera

Pluriel

1re personne....	نكبّوا	*nekebboû*	nous verserons
2e personne....	تكبّوا	*tekebboû*	vous verserez
3e personne....	يكبّوا	*ikebboû*	ils verseront

IMPÉRATIF

2e pers.	M..	كبّ	*kebb*	verse
2e pers.	F..	كبّي	*kebbî*	verse
2e pers.	PL..	كبّوا	*kebboû*	versez

PARTICIPES

كابّ *kâbb* versant. — مكبوب *mekboûb* versé.

(Comme exercice, faites conjuguer de vive voix et par écrit les verbes qui se trouvent aux pages 31 et 32.)

33e LEÇON

Les verbes qui ont un و pour avant-dernière lettre se conjuguent sur le modèle suivant (1) :

PRÉTÉRIT

Singulier

1re personne....		قُلْت	*k·oult*	j'ai dit
2e pers..	M....	قُلْت	*k·oult*	tu as dit
	F....	قُلْتِ	*k·oulti*	tu as dit
3e pers..	M....	قال	*k·âl*	il a dit
	F....	قالَتْ	*k·âlet*	elle a dit

(1) C'est à l'aoriste qu'on reconnaît qu'un verbe a un و un ي ou un ا; pour conjuguer ces verbes, il faut donc en connaître le prétérit et l'aoriste.

Pluriel

1re personne....	قُلْنا	*k·oulnâ*	nous avons dit
2e personne....	قُلْتوا	*k·oulloû*	vous avez dit
3e personne....	قالوا	*k·âloû*	ils ont dit

AORISTE

Singulier

1re personne....	نقول	*nek·oûl*	je dirai
2e pers.. M....	تقول	*tek·oûl*	tu diras
2e pers.. F....	تقولي	*tek·oûlî*	tu diras
3e pers.. M....	يقول	*ik·oûl*	il dira
3e pers.. F....	تقول	*tek·oûl*	elle dira

Pluriel

1re personne....	نقولوا	*nek·oûloû*	nous dirons
2e personne....	تقولوا	*tek·oûloû*	vous direz
3e personne....	يقولوا	*ik·oûloû*	ils diront

IMPÉRATIF

2e pers. M..	قُلْ	*k·oul*	dis
2e pers. F..	قولي	*k·oûlî*	dis
2e pers. PL..	قولوا	*k·oûloû*	dites

PARTICIPES

Présent........	قايل	*k·âil*	disant
Passé..........	مقول	*mek·oûl*	dit

Les verbes qui ont un ـيـ pour avant-dernière lettre se conjuguent de la manière suivante :

PRÉTÉRIT

Singulier

1re personne....		سِرْت	*sirt*	j'ai marché
2e pers..	M....	سِرْت	*sirt*	tu as marché
	F....	سِرْتِ	*sirti*	tu as marché
3e pers..	M....	سار	*sâr*	il a marché
	F....	سارَتْ	*sâret*	elle a marché

Pluriel

1re personne....	سِرْنا	*sirnâ*	nous avons marché
2e personne....	سِرْتوا	*sirtoû*	vous avez marché
3e personne....	ساروا	*sâroû*	ils ont marché

AORISTE

Singulier

1re personne....		نسير	*nesîr*	je marcherai
2e pers..	M....	تسير	*tesîr*	tu marcheras
	F....	تسيري	*tesîrî*	tu marcheras
3e pers..	M....	يسير	*isîr*	il marchera
	F....	تسير	*tesîr*	elle marchera

Pluriel

1re personne....	نسيروا	*nesîroû*	nous marcherons
2e personne....	تسيروا	*tesîroû*	vous marcherez
3e personne....	يسيروا	*isîroû*	ils marcheront

IMPÉRATIF

2e pers.	M..	سِرْ	*sir*	marche
2e pers.	F..	سيري	*sîrî*	marche
2e pers.	PL..	سيروا	*sîroû*	marchez

PARTICIPES

Présent........	سايـر	*sâir*	marchant
Passé..........	مسيـر	*masîr* el مسيور *mesioûr*	marché

Conjugaison d'un verbe ayant un ا *pour avant-dernière lettre*

PRÉTÉRIT

Singulier

1re personne....		نلْت	*nelt*	j'ai obtenu
2e pers..	M....	نلْت	*nelt*	tu as obtenu
	F....	نلْتِ	*nelti*	tú as obtenu
3e pers..	M....	نال	*nâl*	il a obtenu
	F....	نالَتْ	*nâlet*	elle a obtenu

Pluriel

1re personne....	نلْنا	*nelnâ*	nous avons obtenu
2e personne....	نلْتوا	*neltoû*	vous avez obtenu
3e personne....	نالوا	*nâloû*	ils ont obtenu

AORISTE

نْنال *nenâl* j'obtiendrai ; — تْنال *tenâl* tu obtiendras ; — تْنالي *tenâlî* tu obtiendras (f.), etc.

IMPÉRATIF

نَلْ *nal* obtiens ; — نالي *nâlî* obtiens (f.) ; — نالوا *nâloû* obtenez.

(Comme exercice, faites conjuguer sur ces modèles des verbes qui se trouvent aux pages 21, 22 et 23.)

34e LEÇON

Conjugaison d'un verbe ayant pour dernière lettre un ي *donnant à l'aoriste le son de* **i** *à la lettre qui précède*

PRÉTÉRIT

Singulier

1re personne....		مشيت	*mechît*	je suis allé
2e pers..	M....	مشيت	*mechît*	tu es allé
	F....	مشيتِ	*mechîti*	tu es allée
3e pers..	M....	مشَى	*mechâ*	il est allé
	F....	مشَتْ	*mechat*	elle est allée

Pluriel

1re personne....	مشينا	*mechînâ*	nous sommes allés
2e personne....	مشيتوا	*mechîtoû*	vous êtes allés
3e personne....	مشوا	*mechâou*	ils sont allés

AORISTE.

Singulier

1re personne....	نمشي	*nemchî*	j'irai
2e pers.. M....	تمشي	*temchî*	tu iras
2e pers.. F....	تمشي	*temchî*	tu iras
3e pers.. M....	يمشي	*imchî*	il ira
3e pers.. F....	تمشي	*temchî*	elle ira

Pluriel

1re personne....	نمشوا	*nemchioû*	nous irons
2e personne....	تمشوا	*temchioû*	vous irez
3e personne....	يمشوا	*imchioû*	ils iront

IMPÉRATIF

2e pers.. M....	آمش	*emchi*	va
2e pers.. F....	آمشي	*emchî*	va
2e pers.. PL...	آمشوا	*emchioû*	allez

PARTICIPES

ماشي *mâchî* allant. — ممشي *memchî* allé

Conjugaison d'un verbe ayant pour dernière lettre un ي *donnant à l'aoriste le son de* **a** *à la lettre précédente*

PRÉTÉRIT

Singulier

1re personne....		لفيت	*lek·ît*	j'ai rencontré
2e pers..	M....	لفيت	*lek·ît*	tu as rencontré
	F....	لفيتِ	*lek·îti*	tu as rencontré
3e pers..	M....	لفى	*lek·â*	il a rencontré
	F....	لفت	*lek·at*	elle a rencontré

Pluriel

1re personne....	لفينا	*lek·înâ*	nous avons rencontré
2e personne....	لفيتوا	*lek·îtoû*	vous avez rencontré
3e personne....	لفوا	*lek·aoû*	ils ont rencontré

AORISTE

Singulier

1re personne....		نلفى	*nelk·â*	je rencontrerai
2e pers..	M....	تلفى	*telk·â*	tu rencontreras
	F....	تلفى	*telk·â*	tu rencontreras
3e pers..	M....	يلفى	*ilk·â*	il rencontrera
	F....	تلفى	*telk·â*	elle rencontrera

Pluriel

1re personne....	نلْقَوا	*nelk·aoû*	nous rencontrerons
2e personne....	تلْقَوا	*telk·aoû*	vous rencontrerez
3e personne....	يلْقَوا	*ilk·aoû*	ils rencontreront

IMPÉRATIF

2e pers.. M....	آلْقَ	*elk·a*	rencontre
F....	آلْقِي	*elk·î*	rencontre
PL....	آلْقَوا	*elk·aoû*	rencontrez

(Faites conjuguer sur ces deux modèles les verbes qui se trouvent aux pages 23 et 24 et dont le futur est donné à la page 27.)

35e LEÇON

PHRASES USUELLES

تعْرف شي واين يسْكن آلسّيد فلان

Savez-vous où demeure M. un tel ?

Ta'ref chî ouaïn isken essîd felân?

وراسك ورّلي داره

Ayez la bonté de me montrer sa maison. (M.-à-m. par ta tête, montre-moi...)

Ourâsek, ouerri lî dâro.

اجِ مْعَي نورّيها لك راهي فِ هذه آلزّنقة

Venez avec moi, je vous la montrerai ; elle est dans cette rue.

Adji maaïa, neouerrihâ lek; râhî fî hâd ezzenk·a.

آلسّيد مُحَمّد راه شي في داره	Monsieur Moh·ammed est-il chez lui ? *Essîd Moh·ammed râh chî fî dâro ?*
لالا يا سيدي ذا الوقْت خرج	Non, monsieur, il vient de sortir. (M.-à-m. maintenant il est sorti.) *Lá lá, iá sîdî, derouek· kheredj.*
تفضّلْ آدْخلْ ذا الوقْت يـرْجع	Veuillez entrer, il va revenir de suite. (M.-à-m. sois bienveillant, entre, maintenant il reviendra.) *Tefed·d·el, edkhel; derouek irdja'.*
اسْتنّا شويّة في بالي ما يبْطا شي آقْعدْ	Attendez un peu ; je crois (m.-à-m. dans ma pensée) qu'il ne tardera pas. Asseyez-vous. *Estennâ chouia ; fí bâlí m'a iebl·â che. Ek·'od.*
صباح آلخير يا سيدي عَلي آسْمح لي إذا بطيت	Bonjour (matin de bien), monsieur Ali, excusez-moi si je vous ai fait attendre (si j'ai tardé). *Sebah· elkhír, iá sîdî 'Alí; esmah· lí idâ bet·ít.*
السّلام عليك	Que le salut soit sur vous ! *Esselâm 'alík !*
واش أنْت	Comment allez-vous ? (Quoi toi ?) *Ouach enta ?*
واش حالك	Comment vous portez-vous ? (Quoi ton état ?) *Ouach h·âlek ?*
واش حال باباك	Comment va votre père ? *Ouach h·âl bâbâk ?*

واش حال داركْ	Comment va-t-on chez vous? *Ouach h'âl dârek ?*
راكْ شي بخير	Vous portez-vous bien? (es-tu avec du bien?) *Râk chî bekhîr ?*
راني بخير يسلّمك وأنتَ واش حالك	Je vais bien, merci (m.-à-m. que *Dieu* t'accorde le salut), et vous comment allez-vous? *Rânî bekhîr, isellemek, ouenta ach h'âlek ?*
أش كان أش ما كان	Quoi de nouveau? (Qu'y a-t-il, que n'y a-t-il pas?) *Ach kân, ach mâ kân ?*
الخير كان الشرّ ما كان	Tout va bien (le bien est, le mal n'est pas). *Elkhîr kân, echcherr mâ kân.*
ألحمدُ لِلّه	Tant mieux (la louange à Dieu). *Elh'amdou lillâh.*
جيت نطْلب منك واحد ٱلمزيّة	Je viens vous demander un service. *Djît net'leb mennek ouah'ad elmeziia.*
مرْحبا بك	Soyez le bienvenu. *Merh'abâ bik !*
آعْملْ لي هذه ٱلمزيّة	Rendez-moi ce service. *A'mel lî hâd elmeziia.*
ما عليه	Volontiers. (Non sur cela *d'empêchement.*) *Mâ 'alîh.*

عَلَى راسي و عيني	Avec plaisir. (Sur ma tête et mon œil.) *'Alá rási ou 'aïní.*
تحبّ شي تدّيني عند حبيبك أحمد ما ذا بيَ نتكلّم معه عندي ما نطلب منه	Voulez-vous me conduire chez votre ami Ahmed? je voudrais bien causer avec lui. J'ai quelque chose à lui demander. (J'ai ce que je demanderai de lui.) *Teh·abb chí teddíní 'and h·ebíbek Ahmed? má dá bia netekellem ma'ah; 'andí má net·leb menno.*
أجِ معَيَ ذا الوقت نديك عنده	Venez avec moi. Je vais vous conduire chez lui. *Adji ma'aïa; derouek· neddík 'ando.*
مساء الخير يا سيدي	Bonsoir, Monsieur. *Mesa lkhír, iá sídí !*
ابقَ عَلَى خير	Adieu. (Reste sur le bien.) *Ebk·a 'alá khír !*
امشِ بالسّلامة	Allez en paix. (Avec le salut.) *Emchi besselâma !*
في امان الله	Que la protection de Dieu vous accompagne ! *Fí amán Elláh!* (qu'on prononce habituellement *fiamallah !)*

36e LEÇON

تحبّ شي تجي تفْطر غدْوة معْنا	Voulez-vous venir déjeuner demain avec nous ? *Teh·abb chî tedji teft·er r'edoua ma'anâ ?*
عنْدي خير نمْشي نتعشّى معْكمْ	Je préfère (j'ai meilleur) aller dîner chez vous. *'Andî khîr nemchî nete'achchâ ma'akoum.*
أجِ على السّتّة	Venez à 6 heures. *Adji 'al esseita.*
خذْ هذا الكرسي واقْعدْ بحذاي	Prenez cette chaise, et asseyez-vous à côté de moi. *Khoud hâd el kersî ou ek·od beh'edaia.*
راك شي جيعان	Avez-vous faim ? *Râk chî dji'ân ?*
تحبّ شي تاكل من هذا الخبْز	Voulez-vous manger de ce pain ? *Teh'abb chî takoul men hâd el khoubz ?*
من عادتي نشْرب غير الماء	J'ai l'habitude (de mon habitude) de ne boire que de l'eau. *Men 'âdeti nechreb r'îr elmâ.*
ما راك شي تاكل	Vous ne mangez pas. *Ma râk che takoul.*

كُلْ لحم الدّجاج	Mangez du poulet. *Koul leh'am eldjâdj.*
خُذْ هَذا الطّرف متاع اللّحم	Prenez ce morceau de viande. *Khoud hâd et't'erf meta' elleh'am.*
بركاني ما ناخذه شي	J'ai suffisamment mangé ; je ne le prendrai pas. *Berkânî : ma nakhdo che.*
ذا آلْوقْت نشربوا آلْقهْوة	Maintenant nous allons prendre le café. *Derouek' necherbou elkahoua.*
أَنا عُمْري ما نشرب آلْقهْوة فى آللّيل	Je ne prends jamais de café le soir. *Ana 'omrî mâ nechreb elkahoua fellîl.*
تشْرب شي آلدّخان	Fumez-vous ? *Techreb chî eddoukkhân?*
تحبّ شي تشرب من هَذا آلدّخان	Voulez-vous fumer de ce tabac ? *Teh'abb chî techreb men hâd eddoukkhân ?*
قُلّ لخديمك يروح يشري لي آلدخان	Dites à votre domestique d'aller me chercher du tabac. *K'oul lekhedîmek irouh' iechrî ly eddoukkhân.*
آشْعلْ القارّو متاعك	Allumez votre cigarette. *Ech'al elgarrou meta'ak.*
آشربْ سبْسي	Fumez une pipe ! *Echreb sebsî !*

يا الله نروحوا نحوّسوا شويّة فى الجنان	Allons nous promener un peu dans le jardin. *Iallah, neroûh·ou nch·awesou chouia feldjenân.*

37e LEÇON

قصدي نروح نسافر الجمعة الجاية	J'ai l'intention (mon intention) d'aller en voyage la semaine prochaine. *Kes·dî nerouh· nesâfer eldjem'a eldjaïa.*
الحال يكون مليح إن شاء الله	Le temps sera beau, s'il plaît à Dieu. *Elh·âl ikoûn melîh·, in châ Allâh.*
واين تروح	Où irez-vous ? *Ouaïn teroûh· ?*
نحبّ نسافر فى عمالة الجزاير	Je veux voyager dans la province d'Alger. *Neh·abb nesâfer fî'emâlat eldjezâir.*
فى بلاد الجزاير الحال دايمًا مليح فى فصل الربيع	En Algérie, le temps est toujours beau au printemps. *Fî belâd eldjezâir, elh·âl dâimen melîh· fî fes·el errebî'.*
اليوم الحال ما منه شى	Aujourd'hui, le temps est mauvais. *Elioum elh·âl mâ meno che.*
الحال ناوي	Le temps est à la pluie. *Elh·âl nâouî.*

ألحال مضبّب	Le temps est brumeux. *Elh·âl med·ebbeb.*
راه يبْدا يصبّ آلنّو	Il commence à pleuvoir. *Râh iebdâ is·ebb ennou.*
راه يصبّ آلْمطر	Il pleut. *Râh is·ebb elmet·er.*
آلحال مبوّز	Le temps est affreux. *Elh·âl mebewez.*
راه يصبّ آلتّبْروري	Il tombe de la grêle. *Râh is·ebb ettebroûrî.*
راه يصبّ آلثّلْج	Il tombe de la neige. *Râh is·ebb etteldj.*
كان آلْبرق	Il fait des éclairs. *Kân elberk·.*
الرّعد يتكلّم	Le tonnerre gronde. *Erre'ad itekellem.*
السّمآء معمّر بالسّحاب	Le ciel est couvert de nuages. *Essemâ me'ammer bessehâb.*
الْحال مظْلام	Le temps est obscur. *Elh·âl med·lâm.*
الْحال بارد	Le temps est froid. *Elh·âl bàred.*
الْحال مندّي	Le temps est humide. *Elh·âl meneddi.*

اَلْيوم اَلْحال مليح بالزّاف — Aujourd'hui il fait très beau.

Elioum elh·âl melîh· bezzâf.

اَلْحال سخون بالزّاف — Il fait très chaud.

Elh·âl sekhoûn bezzâf.

38e LEÇON

ما زلْت ما كمّلْت شي — Je n'ai pas encore fini. (Je n'ai pas cessé, je n'ai pas fini.)

Mâ zelt mâ kemmell che.

علاش ما زلْت ما مشيت شي عنْده — Pourquoi n'es-tu pas encore allé chez lui ?

'Alâch mâ zelt mâ mechît che 'ando ?

اش بِك ما زلْتِ ما طبخْتِ شي الماكلة — Comment se fait-il que tu n'aies pas encore fait cuire le manger ?

Ach bik mâ zelti mâ t·ebekhti che elmakla ?

ما زال ما جآء شي — Il n'est pas encore venu.

Mâ zâl mâ djâ che.

ما زالَتْ ما قالَتْ له شي يجي — Elle ne lui a pas encore dit de venir.

Mâ zâlet mâ k·âlet lo che idji.

ما زلْنا ما فهمْنا شي كلامه — Nous n'avons pas encore compris ses paroles.

Mâ zelnâ mâ fehemnâ che kelâmo.

كيفاش ما زلْتوا ما خدمْتوا شي — Comment ? Vous n'avez pas encore travaillé ?

Kîfâch? mâ zeltoû mâ khedemtoû che ?

ما زالوا ما اعطوا لي شي الدّراهم	Ils ne m'ont pas encore donné d'argent. *Mâ zâloû mâ a't·aoû lî che edde-râhem.*
تحبّ شي تزيد تلعب	Veux-tu jouer encore ? (Veux-tu tu ajoutes, tu joues ?) *Teh·abb chî tezîd tel'ab ?*
ما يحبّوا شي يزيدوا ياكلوا	Ils ne veulent plus manger. *Mâ ih·abboû che izîdoû iakloû.*
ما نحبّ شي نزيد نتكلّم معك	Je ne veux plus parler avec toi. *Mâ neh·abb che nezîd netekellem ma'ak.*
زدْ جبْ له فنْجال قهوة	Apporte-lui encore une tasse de café. *Zid djib lo fendjal kahoua.*
زيدي جيبي لي مغرفة	Apporte-moi encore une cuiller. *Zîdî djîbî lî mer'erfa.*
زِد أَعْطِني ميتين فرانك	Donne-moi encore 200 francs. *Zid a't·inî mîtîn feránk.*
زِد أَعْطِ لهُمْ هَذا آلكتاب	Donne-leur encore ce livre. *Zid a't·i lehoum hâd el ketâb.*
خوه ما زال مريض	Son frère est encore malade. *Khoûh mâ zâl merîd·.*
أُخْتهُ ما زالَتْ عنْد جارتها	Sa sœur est encore chez sa voisine. *Oukhto mâ zâlet 'and djarethâ.*
ما زال لي فرانك	J'ai encore un franc. *Mâ zâl lî feránk.*

ما زالوا له عشْرين فرانك	Il a encore 20 francs. *Mâ zâloû lo 'achrîne ferânk.*
اش عنْده ثاني	Qu'a-t-il encore? *Ach 'ando tsânî?*
عنده قانة الدّراهم في مكْتوبه	Il a aussi de l'argent dans sa poche. *'Ando gânâ edderâhem fî mektoubo.*
هَذا ما عنْدي	Voilà tout ce que j'ai. *Hâdâ mâ 'andì.*
اش راك تفتّش	Que cherchez-vous? *Ach râk tefettech?*
راني نفتّش عَلَى المحرمة اللّى وذّرتها	Je cherche le mouchoir que j'ai perdu. *Rânî nefettech 'alelmeh·arma ellî wedderlehâ.*
ما تنْجم شي تصيبها	Vous ne pourrez pas le trouver. *Mâ tendjem che tes·îbehâ.*
اش راك تطلب	Que demandez-vous? *Ach râk tet·leb?*
عَلَى مَنْ تسقصي	Qui demandez-vous? (Sur qui interrogez-vous?) *'Alâ men tesek·s·î?*
عَلَى مَنْ يسقصوا	Qui demandent-ils? *'Alâ men isek·sioû?*
أشكون سقْصَى علىّ	Qui m'a demandé? *Achkoûn sek·s·â 'alaïa?*
ما تسقصيني شي	Ne m'interroge pas. *Mâ tesek·s·înî che.*
رُحْ تسقصي واحد آخر أنا ما عندي ما نقول لك	Allez en consulter (interroger) un autre; moi, je n'ai rien à vous dire. *Rouh· tesek·s·î ouah·ad akher; ana ma 'andî ma nek·oûl lek.*

سقْصِ هَذا الرّجلِ يمْكن سمع به	Interrogez cet homme, peut-être en a-t-il entendu parler. *Sek·si hâd erradjel, iemken sema' bih*
اش تستحقّ	De quoi avez-vous besoin ? *Ach testeh·ak·k· ?*
كان شى ما تستحقّ	Avez-vous besoin de qque chose ? *Kân chî ma testeh·ak·k· ?*
استحقّيت الدّراهم	J'ai besoin d'argent. *Estah·ek·k·ît edderâhem.*
قدّاش تحبّ نعْطيك	Combien veux-tu que je te donne ? *K·eddâch teh·abb na't·îk ?*
أعْطِني السّومة الّى نستحقّها	Donnez-moi la somme dont j'ai besoin. *A't·inî essoûma ellî nesteh·ak·k·eha.*
هَذا الرّجل يسال لك شى الدّراهم	Devez-vous de l'argent à cet homme ? (Cet homme vous réclame-t-il...) *Hâd erradjel isâl lek chî edderahem?*
قدّاش يسال لك	Combien lui devez-vous ? *K·eddâch isâl lek ?*
قدّاش تسال له	Combien vous doit-il ? *K·eddach tesal lo ?*
قدّاش يسال لى خوك	Combien dois-je à votre frère ? *K·eddach isal lî khouk ?*
ما عنْدك ما تسال لى	Vous n'avez rien à me réclamer. Je ne vous dois rien. *Mâ 'andek ma tesal lî.*
ما عنْدي ما نسال له	Je n'ai rien à lui réclamer. Il ne me doit rien. *Mâ 'andî ma nesal lo.*
هَذوا الرّجال يسالوا لى ألف فرانك	Je dois 1000 francs à ces hommes. *Hâd erredjal isaloû lî alef ferank.*
هاك الدّراهم الّى تسالوهُمْ لى	Voici l'argent que je vous dois. *Hâk edderahem ellî tesalouhoum lî.*

TABLE DES MATIÈRES

Alger. — Typ. A. Jourdan.

BRESNIER, ❋, ancien disciple de Sylvestre de Sacy, ancien professeur d'arabe à la chaire publique d'Alger, etc., etc.

Chrestomathie arabe, *Lettres, actes et pièces diverses,* avec la traduction française en regard, accompagnée de notes et d'observations, suivie d'une *Notice sur les successions musulmanes* et d'une *Concordance inédite des Calendriers grégorien et musulman*; 2e édition, revue, corrigée et augmentée. 1 fort vol. in-8°, *orné d'un magnifique titre arabe, or et couleurs,* type oriental. **9 fr.**

Anthologie arabe élémentaire, choix de maximes et de textes variés, la plupart inédits, accompagnée d'un *Vocabulaire arabe-français,* à l'usage des lycées et des écoles primaires supérieures de l'Algérie. 1 fort vol. in-18, *orné d'un joli titre arabe, or et couleurs,* type oriental. **5 fr.**

Djaroumiya, *Grammaire arabe élémentaire,* de Mohammed ben Dawoud El-Sanhadjy, texte arabe et traduction française accompagnée de notes explicatives; 2e édition. 1 vol. in-8°. **5 fr.**

CADOZ, huissier à Mascara.

Alphabet arabe ou *éléments de la lecture et de l'écriture arabes.* In-18. **50 c.**

Civilité musulmane ou *Mœurs, coutumes et usages des Arabes,* texte arabe de l'Imam Essoyouthi, traduction française en regard du texte, suivie d'une autre traduction du mot à mot et de notes explicatives. In-18. **1 fr. 50**

Le Secrétaire algérien ou le *Secrétaire français-arabe de l'Algérie,* contenant des modèles de lettres et d'actes sur toutes sortes de sujets; un recueil de proverbes, des explications grammaticales, etc. 1 vol. in-18. **1 fr. 50**

DELAPORTE, ❋, ancien chef du Bureau arabe départemental.

Guide de la conversation arabe-française ou *Dialogues,* avec le mot à mot et la prononciation interlinéaires figurés en caractères français; 3e édition, corrigée et augmentée. 1 vol. in-8°, oblong. **7 fr.**

Cours de versions arabes (idiome d'Alger), divisé en deux parties : *Fables de Lokman,* avec le mot à mot et la prononciation interlinéaires figurés en caractères français; *Fables choisies d'Ésope;* 3e édition. 1 vol. in-8°. **5 fr.**

DEPEILLE, ancien directeur de l'école arabe-française.

Méthode de lecture et de prononciation arabes (Manuel). **1 fr.**

Les tableaux de la méthode de lecture *et de prononciation arabes.* Sept grands tableaux. **3 fr.**

DUMONT, ancien interprète de l'état-major général à Alger.

Guide de la lecture des manuscrits arabes. 1 vol. grand in-8°, jésus. **5 fr.**

GUÉRIN, ✻, ancien interprète militaire.

La Clef du langage arabe ou *Premier livre de l'arabisant.* 1 vol. in-8°. **2 fr. 50**

TRUMELET, C. ✻, colonel.

Bou-Farik. *Une page de l'histoire de la colonisation algérienne ;* 2e édition, 1 vol. grand in-18. **4 fr.**

Blida. *Récits selon la légende, la tradition et l'histoire.* 2 vol. grand in-18. **7 fr.**

VILLOT, O. ✻, lieutenant-colonel.

Mœurs, Coutumes et Institutions des Indigènes de l'Algérie ; 3e édition, 1 vol. grand in-18. **3 fr. 50**

WAHL (Maurice) et MOLINER-VIOLLE.

Géographie élémentaire de l'Algérie, adopté pour les écoles de la ville de Paris et de l'Algérie. 1 vol. in-32, cartonné. **75 c.**

Atlas de la géographie élémentaire de l'Algérie, adopté pour les écoles de la ville de Paris et de l'Algérie. 1 vol. in-8°, oblong. **1 fr. 25**

Les deux ouvrages ci-dessus ensemble. **1 fr. 50**

WAHL (Maurice), ancien élève de l'École normale supérieure, professeur agrégé d'histoire et de géographie au lycée d'Alger.

Cent lectures, morceaux choisis sur l'Algérie, à l'usage des lycées, collèges, écoles primaires, etc., etc. vol. in-12, cartonné. **90 c.**

OUVRAGES DU MÊME AUTEUR

EN VENTE A LA LIBRAIRIE ADOLPHE JOURDAN, ALGER

Méthode pour l'étude de l'arabe parlé. 4e édition, revue et augmentée. 1 vol. in-12, relié percaline. **5 fr.**

Les Voyages de Sindebad le Marin, texte arabe extrait des *Mille et une Nuits,* muni de toutes les voyelles, accompagné d'un vocabulaire et de notes analytiques. Belle édition ; chaque page est encadrée d'un double filet vermillon. 2e édition, revue et corrigée. 1 vol. in-12, relié percaline. **5 fr.**

Grammaire élémentaire d'arabe régulier. 1 vol. in-8°, relié percaline. **5 fr.**

Manuel de l'arabisant ou *Recueil de pièces arabes* (première partie). 1 vol. petit in-8°, relié percaline. **6 fr.**

Manuel de l'arabisant ou *Recueil de pièces arabes* (deuxième partie). 1 volume petit in-8°. **6 fr.**

Dictionnaire arabe-français de MARCELLIN BEAUSSIER, refondu par L. MACHUEL, contenant tous les mots employés en Algérie et en Tunisie, etc. 1 volume in-4°.

Se publie par livraisons à **0 fr. 50.**

ALGER. — TYPOGRAPHIE ADOLPHE JOURDAN.

www.ingramcontent.com/pod-product-compliance
Ingram Content Group UK Ltd.
Pitfield, Milton Keynes, MK11 3LW, UK
UKHW031902260826
14628UKWH00002B/944

9 782013 058308